龍雲
作品

龍雲
作品

驅魔教師
02
刀疤鍾馗
龍雲——著
B.c.N.y.——繪

驅魔教師 02 刀疤鍾馗

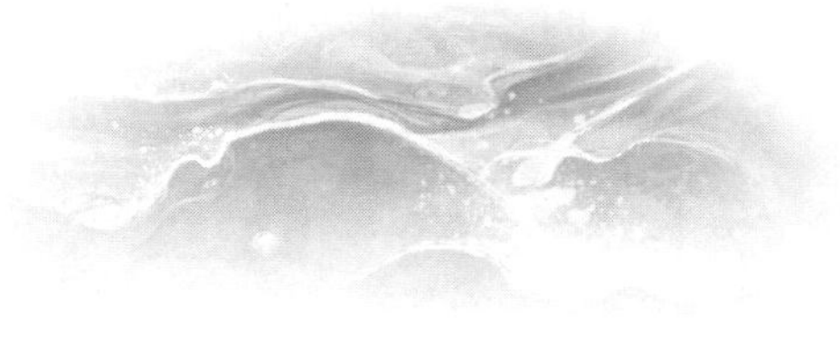

楔子

不行……再這樣下去……我會死。

雖然腦海裡面浮現出這樣的想法，但是雙腳卻仍然朝著廁所而去。

幾個女同學從身邊擦身而過，讓芯怡有種想被人拉住的渴望。

她真的希望有人可以出面阻止自己這永無止盡的自虐。

但是，她卻也不願意就這樣什麼都不做地活下去。

走進廁所，掛在洗手台上方的鏡子，讓芯怡停下了腳步。

鏡子裡面映照出來的，是那個骯髒醜陋的自己。

一對眼珠子在消瘦的頰骨上面，因為雙頰凹陷的關係，那原本應該水汪汪的大眼睛，此刻卻向外微凸，讓一個原本健康美麗的年輕女孩，完全變了樣。

除此之外，那因為缺乏營養而顯得毫無生氣的皮膚，也讓女孩整個人看起來完全沒有半點活力，甚至有種頹廢的氣息。

但是，芯怡的視線卻沒有看到這些不好的改變，反而是將目光專注在下巴與脖子之間那毫不起眼的一丁點贅肉。

還是……太胖了。

芯怡搖搖頭，腳步有點蹣跚地走到其中一間廁所隔間。

看著馬桶，芯怡的腦海之中又再度浮現出那句話。

這樣下去，可能真的會死。

這樣的想法雖然一度讓芯怡有點卻步，但是一想到剛剛鏡中的自己，芯怡的心中立刻又浮現出另外一個不同的聲音。

我還要再瘦一點！

手指順著想法，不再猶豫，伸入口中朝著喉嚨深處而去。

幾個月前，當芯怡第一次嘗試用手指催吐的時候，試了十多分鐘才成功，但是現在已經抓到了訣竅，只要挖兩下就可以順利地吐出來。

「嘔噁！」

剛剛才下肚的午餐，隨著胃酸一起從芯怡的口中噴發而出，空氣中頓時瀰漫著一股令人作嘔的味道。

下一次，我絕對不會再忍不住了！

忍受著這股反胃的痛苦，芯怡再一次告誡著自己。

一連吐了幾次，一直到只有乾嘔的地步，芯怡才停了下來。

芯怡看著馬桶裡面載浮載沉的那塊已經變色的麵包，嘴角緩緩地勾起了一抹微笑。

然而，如果芯怡可以看得到另外一個空間的話，或許她會完全笑不出來。

因為就在她所處的這個狹小的廁所隔間之中，已經塞了滿滿的鬼魂，它們正爭先恐後地想要大啖那些芯怡剛剛才吐出來的美味食物。

芯怡安撫著被胃酸逆襲的胸口一陣子之後，打開了門，走到洗手台前漱口。

而那群鬼魂也全部從廁所的隔間衝了出來，緊緊跟在芯怡的旁邊，每一對眼睛都饑渴地望著她。

這群餓鬼就這樣一直緊緊地貼著芯怡，並且跟著她一起走出了廁所，來到了走廊，然後走進了教室。

教室門上面，掛著一塊橫板，上面寫著——普二甲。

第1章・異味

1

真是太煩人了。

才剛進教室，就聞到了那股味道，讓洪老師不自覺地皺起了眉頭。

「起立！」身為班長的曉潔看到洪老師進來，立刻宏亮地喊道。

在進行例行的課前行禮時，曉潔也注意到了洪老師臉上那深鎖的眉頭。

還有味道？

曉潔當然很快就知道洪老師皺眉頭的原因。

大約幾天之前，洪老師就曾經找過曉潔，向她詢問關於教室裡面的「異味」。

「你們都沒有聞到嗎？」洪老師一臉狐疑地說：「那味道很濃耶。」

但是不管洪老師怎麼說，曉潔都不能體會，因為洪老師所說的怪味，曉潔一點也沒有聞到。

即便在洪老師這樣詢問過後，曉潔回到班上，也刻意伸長脖子、鼻子用力吸了幾下，聞遍了教室裡的每個角落，但卻都沒有發現洪老師口中所稱的「異味」。

接連幾天，洪老師只要來到班上，都會像這樣眉頭深鎖，並且在下課之後，找曉潔到辦公室問：「今天有沒有聞到異味？」

可是不管洪老師怎麼問，曉潔卻仍然沒有聞到任何異味。

對於高二女生來說，已經到了賀爾蒙分泌旺盛的年紀，因此班上的女生或多或少都會注意自己的外貌，更有甚者已經習慣會上一點香水，畢竟下課之後，不是每個人都會直接回家。

因此如果說香水味的話，班上倒是三不五時會有一些，但是可以讓人皺起眉頭的異味，不要說最近了，就算從開學至今曉潔也不曾在班上聞到過。

今天是禮拜一，上周放學的時候，曉潔還特別打開氣窗，讓空氣可以對流，經過一個周末假日，相信不管有什麼樣的異味，都應該可以散去才對。

誰知道，洪老師一進門，眉頭又立刻深鎖了起來。

這不禁讓曉潔想到，該不會有問題的人是洪老師自己吧？

雖然沒有實際染過類似的疾病，但是曉潔似乎有聽說過，鼻竇炎之類的疾病，會讓病人覺得自己聞到某些味道。

即便覺得有異味，但是洪老師仍然強忍自己不耐的情緒，開始上起了課來。

開學至今也已經一個多月，大夥對於洪老師這種裝死式的教學，也早就已經習慣了。反正台上洪老師唸他自己的，底下的同學不是索性讀起自己的書，就是拿出作業開始寫。

只要不影響到教室的秩序，大致上洪老師都不會有意見。

「好，今天就上到這裡。」

洪老師合上了課本，代表下課的鐘聲也同時響起，這樣分秒不差的精準下課，可以算是同學們最喜歡洪老師的地方。

「班長，等等到我辦公室一趟。」洪老師交代完之後，轉身走出教室。

當然身為導師的洪老師，要班長到辦公室一趟，不算是什麼特別的事情。

即便還沒去辦公室，曉潔就已經大概猜到洪老師找自己做什麼了，肯定又是跟班上的「異味」有關。

但是對其他同學來說，這不過就是一件看起來非常平凡的日常事務。

然而就算是洪老師跟曉潔，此刻也都還不知道，這件其他人看起來再平凡不過，卻讓洪老師困擾多天的事情，即將帶來一場難以想像的混亂。

2

到了辦公室，因為周圍還有其他師生，所以洪老師只是揮著手，說著一些「班上的狀況」等無關緊要的話語。

曉潔也裝模作樣的好像真的有在聽一樣，點著頭靜靜等待其他師生離開。

這是兩人這段時間以來培養出的默契，或許不是培養出來的，而是洪老師就是這樣，只要在人前必裝死，面對裝死的洪老師，曉潔也沒辦法，只能等到其他師生離開。

好不容易等到附近沒有人了，洪老師才終於停下那些似乎很有內容，實際上卻空洞到不行的廢話。

「老師，」曉潔皺著眉頭搶先說道：「你有沒有考慮要去看看醫生？說不定是鼻竇炎喔。」

洪老師透過鏡框上緣，白了曉潔一眼。

「我已經幫你找了兩天，」曉潔說：「上禮拜五回去之前，我也特別幫你開氣窗通風了，如果這樣味道都沒散，而且還是一樣只有你聞到異味，那怎麼想都是你自己的問題啊。」

「是不是我的問題，妳今天就會知道。」

洪老師這麼說著，並從抽屜裡面拿出一樣東西來。

「這是八卦鏡，」洪老師將八卦鏡推到曉潔的面前說：「我已經想辦法在上課的時候過濾過了，我確定味道的來源就是第六、第七排，所以我想了很久，心中大概也有個底了。我要妳做的事情很簡單，妳找機會用這個八卦鏡，照照這兩排的同學，然後透過八卦鏡去看這兩排的同學，有看到什麼異狀就來跟我說。」

「啊？」曉潔張大了嘴，一臉訝異。

「用的時候千萬要小心，不要被人發現。」洪老師冷冷地說：「如果妳被抓到，不要把我抖出來，我不會承認的。」

曉潔這下嘴張得更大了，簡直不敢相信自己所聽到的話。

這算哪門子的老師啊？

竟然要學生幫他做事，被抓到還要學生揹黑鍋。

曉潔正想要抗議，洪老師卻揮了揮手，要她離開。

這時上課鐘聲就這麼響了起來，辦公室裡的老師們正陸續準備去上課，因此曉潔也錯失了可以跟洪老師抗議的機會，只能趕快把八卦鏡收好，悻悻然地離開。

3

拿這個八卦鏡，然後用反射的方式，來照那兩排每一個學生的臉。

這個說起來簡單，做起來卻十分困難的事情，讓曉潔傷透了腦筋。

如果想要好好照到兩排的學生，唯一的機會就只有上課的時候，因為一下課大家根本不會乖乖待在位子上，雖然說曉潔可以做一份名單，並且鎖定每個同學，一個一個照，但是在下課的時候做這樣的事情，被其他同學干擾與發現的機會也會大幅提高。

如果拿著八卦鏡在那邊照自己的同學被其他人發現，就算曉潔的人緣再好，恐怕也很難交代自己為什麼要這麼做。

因此，只有趁上課的時候，才是最佳的時機，雖然上課時多了一個被老師抓到的風險，但是比起下課來說，難度還是比較簡單些。

做好決定之後，曉潔也立刻選定了執行的課堂，那就是下午的數學課。

數學老師因為常常需要在黑板上寫算式的關係，所以經常有一段時間會背對著學生，那會是曉潔執行計劃最好的時機。

終於來到了下午的數學課，數學老師在台上講解著今日的課程，約莫過了十多分鐘之後，曉潔知道時機來了。

曉潔小心翼翼地從抽屜摸出八卦鏡，然後緊緊將它握在手上。

除了必須注意老師跟其他同學之外，曉潔還必須非常注意光線，如果有光線照到鏡面，那麼一旦曉潔將鏡面對準了同學，光線也會跟著被反射射向同學的臉，那麼同學一定會發現的。

因此曉潔還特別放下頭髮，用自己的頭髮來遮蔽一些他人的視線與光線。

一切準備就緒之後，順著數學老師寫黑板的節奏，一有機會，曉潔便將鏡子轉向六、七排的同學。

曉潔先把八卦鏡對準了前列的同學，透過八卦鏡那拳頭大小的鏡面，曉潔看不出什麼異狀。

可是或許就是因為有著被其他人看到或者被老師抓到的風險，所以不過就是這樣照一下，曉潔已經感覺到自己的心臟正快速地跳動著。

雖然不算是什麼乖乖牌，但曉潔不喜歡這種偷偷摸摸的感覺，也不曾在上課的時候偷看小說或漫畫，畢竟對她來說，看小說是一種享受，她可不想要在劇情來到最重要的地方時被老師中斷。

因此不管自己有多想看，也不會輕易妥協在課堂上面看，以免破壞小說的閱讀感。

照完了前列的同學，曉潔沒有發現任何的異狀。

接著在數學老師又彷彿要轉過去寫東西的時候，曉潔快速將八卦鏡拿出來，準備對準中間部分的同學，誰知道這一次數學老師立刻轉了回來，讓曉潔的心臟也差點從嘴巴跳了出來。

曉潔趕緊又把八卦鏡縮進抽屜，不過她可以感覺到自己的手正因為這個小插曲而在發抖、出汗。

好在數學老師只是轉回來看了一下課本，然後又立刻轉過去黑板開始寫起算式。

曉潔趁著這個機會將八卦鏡重新拿出來，對準了中間的同學照過去。

跟前列一樣，曉潔並沒有看到任何異狀，就這樣由右而左掃過去。

掃到最後一個同學時，原本專心在寫著算式的數學老師，突然回頭開始講解，曉潔因為緊張的關係，握著八卦鏡的手一用力，想不到八卦鏡竟然就這樣輕輕地啪的一聲，產生出一條裂痕。

曉潔見了嚇一跳，這才意識到自己因為緊張的關係，一直非常用力地握著八卦鏡的鏡框，很可能就是因為這樣，才讓八卦鏡產生裂痕。

別緊張、別緊張，過度緊張事情反而容易搞砸。

曉潔這樣告訴自己，但是一方面卻也在心中咒罵著洪老師，竟然要自己做這種偷偷摸摸的事情，這樣就算了，還給自己一個那麼兩光的道具，捏一下竟然就有裂痕了。

曉潔慢慢地調整呼吸，然後等待著下一次時機的到來。

想不到數學老師就這樣一直沒有再回頭去寫黑板，眼看著時間一分一秒接近下課，曉潔的內心也開始焦急了起來，畢竟這是最後一堂課了，如果錯過這機會，一放學就更沒機會了。

好不容易在快要下課的時候，數學老師再度轉過身去，曉潔立刻將八卦鏡對準後列的同學，照了下去。

一照之下，曉潔瞪大了雙眼，連心跳都因為眼前的景象而漏了一拍。

只見坐在後排的芯怡，周遭被滿滿的鬼魂包圍著，這些鬼魂個個都骨瘦如柴，只有肚子特別大。

這些鬼魂或坐或站，不過都是雙目圓睜，瞪著毫不知情的芯怡。

曉潔看到嚇了一大跳，差點叫出聲來，手上的八卦鏡也因為這樣掉在地上。

原本就已經有了裂痕的八卦鏡，在這一摔之下，立刻碎裂，玻璃碎片也散亂一地。

只是想當然耳，這一摔驚動了班上的同學與台前講課講到一半的數學老師。

曉潔慌張地趁其他人還沒注意到之前，將八卦鏡的外框藏起來，沒有這個外框，碎裂一地的碎片也只是一面鏡子而已。

「是有沒有那麼愛漂亮？」數學老師不悅地說：「上課還要照鏡子？去拿掃把清一

下，清的時候小心一點，不要割傷自己了。」

曉潔低著頭跟數學老師道歉之後，趕緊到後面拿掃把，然後回到座位掃著那些碎裂一地的鏡片。

這到底是怎麼回事？

掃著地板的曉潔，眼角的餘光看到了芯怡，沒有八卦鏡的照射，此刻的她，看起來比平常稍微消瘦了些，但是身旁並沒有剛剛那被許多鬼魂包圍的恐怖模樣。

剛剛透過八卦鏡看到的那景象，到底是怎麼回事？

為什麼芯怡會被那麼多鬼魂包圍？而且那些鬼魂就好像執著於什麼似的，每個都專注地看著芯怡的臉，到底是為什麼？

曉潔清掃完之後，快速回到自己的座位上，台前的數學老師也繼續授課。

只是剩下的時間，曉潔都完全沒有辦法專心，一直注意著坐在自己左前方的芯怡。

只是不管曉潔怎麼看，都看不到剛剛在八卦鏡的反射之下出現的那些鬼魂。

曉潔跟芯怡因為朋友圈不一樣，兩人的交情也很普通，因此曉潔並沒有特別注意到芯怡最近的變化。

但現在仔細觀察芯怡，曉潔也的確注意到了一些不太尋常的地方。

首先是芯怡的氣色，不管怎麼看都不是很健康的模樣，雙頰有點凹陷，雙眼看起來也有點無神。

再來就是本來就已經很瘦的她，現在看起來又比先前還要更瘦了，但是，這樣的瘦一點也不健康，反而讓人有種彷彿飢餓許久都沒有進食的感覺。

雖然不知道那些鬼魂是怎麼回事，但光是看著芯怡的模樣，曉潔相信她一定發生了什麼事情……

4

數學是星期一的最後一堂課，下了課之後，曉潔二話不說，立刻趕到辦公室，準備向洪老師報告結果。

「我照你說的，」曉潔告訴洪老師：「用八卦鏡照了第六排跟第七排的同學，其他人都一切正常，就只有在照到芯怡的時候，我看到一堆好像鬼怪的東西包圍著她。它們每個都用一種執著又恐怖的表情注視著她，我嚇了一跳，不小心手滑，所以八卦鏡被我打破了。」

洪老師並沒有責怪曉潔打破八卦鏡，反而低下頭想了一會。

「老師，」曉潔皺著眉頭說：「芯怡是不是被鬼纏身了？」

「妳跟林芯怡熟嗎？」洪老師沒有回答曉潔的問題，反而反問曉潔。

「不算熟，」曉潔皺著眉頭說：「我知道她有在外面打工，然後……班上同學的話，應該是秀琳跟她比較熟。」

洪老師用手扶著自己的額頭，思考了一會之後說：「妳現在快點去找盧秀琳，然後想辦法探探看，最近林芯怡有沒有什麼比較奇怪的舉動。」

秀琳所參加的社團，最近正準備要代表學校參加比賽，因此放學後秀琳偶爾會留下來練習，曉潔照著洪老師所言，來到秀琳的社團教室碰運氣，果然找到了秀琳。

在經過一小段的寒暄跟加油打氣之後，曉潔將話題轉到芯怡身上。

「秀琳，」曉潔問道：「妳跟芯怡不是還不錯嗎？」

秀琳點了點頭。

「她最近氣色好像不太好，」曉潔一臉擔心地問：「妳知道她最近有發生什麼事情嗎？」

「唉，」秀琳嘆了口氣說：「她跟她男朋友分手了，而且她男朋友是劈腿另外一個女生，芯怡知道之後，雖然很生氣，但還是放不下那個男的，要那男的做選擇，誰知道他竟然選擇那個女生，芯怡超受傷的。」

「那男生也太爛了吧？」曉潔不平地說：「這樣芯怡當然很受傷啊，唉，原來是這樣啊，看她最近明顯瘦了很多。」

「嗯，」秀琳沉下了臉說：「因為聽她說她男友選擇的那個女生，沒有她好看，只是比她瘦而已，所以她一直覺得是自己太胖了，才會被男朋友甩掉。」

「她很瘦了耶！」曉潔難以置信地說：「而且為了那樣的男人懲罰自己，一點也不好吧？」

「唉，」秀琳哭喪著臉說：「我已經勸她很多次了，但是她根本不聽我的，班長妳人緣很好，如果可以的話，妳可以去跟她聊聊嗎？就算她嫌我多嘴也沒辦法了，我真很擔心她。雖然妳說的話她也不一定聽得進去，但是再這樣下去，我很怕她的身體會出問題。」

「嗯，」曉潔拍了拍秀琳的背說：「有機會的話我會跟她談談。」

當然，只要確定芯怡身邊的鬼魂不會傷害芯怡或其他人，曉潔一定會處理這件事情，但是現在很明顯比失戀更嚴重的問題，正圍繞在芯怡的身邊。

回到教室，曉潔收拾好書包，但是卻沒有踏上回家的路。

她揹起書包，來到了教師辦公室，將剛剛從芯怡口中得到的情報，告訴了洪老師。

「看樣子，妳需要跑一趟了。」洪老師沉著臉說：「去找我弟弟，只有他有辦法處理這個問題。」

這應該可以說是曉潔最不希望聽到，但卻也是最沒辦法逃避的答案了。

第2章・餓鬼襲來

1

夕陽透過附近大樓之間的巷子空隙，射入這間藏身在高樓大廈之中的廟宇。

雖然廟宇沒有豪華的裝潢，更沒有浮誇的裝飾，但是這間隱身在巷弄之中的廟宇，在道上卻是大有名氣。

這裡曾經是傳奇中的偉大道士「一零八道長」所主持的廟宇，因此也被人尊稱為「么洞八廟」。

曉潔並不是第一次到這裡來了，第一次來到這裡，是因為自己的生命受到了威脅，而接下來的每一次，則都是在有同學身陷險境的情況。

這讓曉潔不免心想，是不是所有高二女生都會經歷類似的成長過程？

不過很快的，曉潔就知道，這是不可能的。

再怎麼說，如果每個十七歲的女生，都有類似這樣的經驗，那絕對不可能沒人提起，就好像男人聊當兵一樣，如果真的這是必經的過程，那麼這絕對是個很好的茶餘飯後話題。

類似「還記不記得妳十七歲的時候？我撞上了人縛靈，妳呢？地惑魔？哇！那妳還真是倒楣。妳呢？妳呢？天怨妖？哇！那妳能活下來還真是奇蹟！」像這樣的話題，一定常常掛在女孩子的嘴邊。

所以像這樣的經歷，不可能是所有高二女生的必經之路。

那麼……像這樣同一個班級裡面，在短短不到兩個月的時間裡，就有三個人惹到了髒東西的機率會有多少呢？應該很低吧？不，應該低到很恐怖的離譜才對。

那麼……如果不是機率的話……

剎那間，曉潔突然感覺自己彷彿抓到了什麼重點，但是就在這個時候，一輛熟悉的跑車打斷了曉潔的思緒。

紅色的跑車開進廟宇前面的廣場停了下來，過了一會之後，一個金髮男子從車內走了出來。

這時髦的金髮男子曉潔當然不陌生，他就是自己的導師洪老師在離開學校之後的另外一個身分——阿吉。

這回阿吉甚至還戴了不知道有沒有度數的角膜變色隱形眼鏡，一臉吊兒郎當的朝曉潔這邊而來，在看到曉潔之後，還裝出有點驚訝的模樣。

「喔？」阿吉一臉驚訝地說：「真是好久不見啦！怎麼樣？學校的生活還順利嗎？」

聽到阿吉這麼說，曉潔的眼睛已經翻到快要看不到瞳仁，白到不能再白了。

「真的嗎？」曉潔白著眼問：「你真的還要跟我來這套嗎？」

阿吉仍舊一如往常地忽視曉潔的冷言冷語，繼續說道：「我哥上禮拜就一直說他在教室聞到怪味，雖然說我哥哥不是道士，但再怎麼樣也算是修行過，所以身體自然會排斥那個味道。我哥之所以要妳用八卦鏡去照同學，就是這個原因，畢竟如果真的如我哥所料，妳一定看得到一點東西才對。當然！我們現在也知道了，妳的確是看到東西了，不然妳也不會來這裡。至於情況我也聽我哥說過了——」

「可以直接說重點嗎？」曉潔白著眼打斷阿吉說：「不要在那邊你哥你哥了，你真以為我會信你這套嗎？」

「好啦，嗯……如果妳沒有說錯或看錯，」阿吉搔著頭說：「妳所看到的那群，應該就是大家俗稱的餓死鬼。這些鬼魂的特徵就是饑餓而斃，死後亦饑，逐食而居。」

「逐食而居？」曉潔皺著眉頭說：「可是那時候我們正在上數學課耶，又不是中午吃飯時間。更何況它們看她的眼神，感覺反而比較像芯怡就是它們的……食物。」

「所謂的逐食，」阿吉側著頭解釋道：「當然是以它們的食物為準啊，妳看到寶路也不會覺得該吃午餐啦，不是嗎？」

「這麼久不見，」曉潔抿著嘴說：「你的嘴還是一樣……嗯。」

即便最後一個字沒說出口，但阿吉也知道是什麼意思。

「我是說真的啊，」阿吉白了曉潔一眼：「妳不吃寶路，它們也不會吃妳的午餐，對那些餓死鬼來說，除了一般的元寶蠟燭之外，它們以穢物為食，腐屍為餐。除此之外，它們也特別喜歡撿菜尾，就是人吃剩丟掉的食物，那是它們的最愛。老一輩的人常常說，如果浪費食物，會被雷公劈死，但是實際上，真正會纏上這些人的，往往不是雷公，而是這些餓死鬼。只是在這個時代，已經越來越少有這樣的鬼魂了。」

「有少嗎？」曉潔一臉不以為然地說：「我看到的可是滿滿一群圍著芯怡啊。」

「當然算少啊，」阿吉皺著眉頭說：「聽我師父說過，四、五十年前有小孩帶著中午沒吃完的餐盒，跑到一個亂葬崗去倒，然後就再也沒有回來了。如果這發生在多年以前啊，說不定林芯怡已經沒命了，現在它們只是圍著她，還沒有把她變成腐屍，已經算是客氣了。」

「可是這就不對啦，」曉潔搖搖頭說：「我印象中芯怡常常中午都沒吃耶，就算有吃也是只吃一個小飯糰，我甚至沒看過她到地下一樓的餐廳吃過飯。」

「吃得少不見得沒問題，」阿吉說：「或許就是因為她食量小，比別人更容易剩下一些吃不完的食物，不過，我想就這點程度來說，應該不至於會被那些餓死鬼纏住，所以或許不是只有吃不完的問題而已……」

阿吉低頭沉吟了一會之後，抬起頭來說：「我哥跟我提過，他有暗中觀察林芯怡，從開學沒多久之後，她就開始越來越瘦，如果再加上後來妳打聽到的情報，估計應該是從那個時候她的感情出了問題，明明是對方的錯，她卻懲罰自己，把錯歸咎在自己的身材上面，因此開始減肥。」

阿吉想了一會之後，用手摸著下巴說：「問題應該就是出在減肥上面，如果只是少吃，當然那些餓死鬼不可能纏著她，所以她很可能……有用催吐等方法來減少自己吸收那些食物。這是餓死鬼最有可能靠近她的原因。」

聽到阿吉這麼說，曉潔不自覺地皺起了眉頭，催吐已經遠遠超過她對減肥的認知了，畢竟這手段不僅強烈，而且光是用想的就覺得痛苦。

「真的有必要用那麼激烈的手法嗎？」曉潔不忍地說：「她這樣感覺只有折磨自己而已。」

「當然，如果不是傷透了心，應該也不會想用這麼激烈的手法，這代表著她的決心。」阿吉攤開手嘆了口氣說：「唉，如果她的對象是一個像我這樣的男人，她就不會心碎了。」

「自己這麼說不會覺得害臊嗎？」曉潔白了阿吉一眼。

阿吉聳了聳肩。

「那現在該怎麼辦？」曉潔問。

「能怎麼辦？」阿吉無奈地說：「如果我們不管她，最後她就會成為那群餓鬼的食物。就像我說的暴殄天物、浪費食物，最容易被餓鬼盯上，而這些餓鬼越養胃口只會越大，一旦那個人無法滿足它的時候，就是被它吃掉的時候。先食其魂，再啖其身，這是餓鬼們一貫的作風。」

「當然要管她啊！」曉潔跺著腳說：「不然我放學還跑來這間廟幹嘛？參拜嗎？」

「那就走吧。」

阿吉用下巴比了比自己的那輛紅色跑車。

「去哪？」曉潔問：「等等我啊。」

曉潔根本不知道兩人要去哪裡，但是阿吉已經朝著跑車走去，曉潔也只能趕緊跟上去。

2

紅色跑車在市區奔馳了大約半小時左右，然後在一條熱鬧的街道旁停了下來。

一路上阿吉仍然沒有告訴曉潔，兩人到底要去哪裡做什麼，一直到阿吉指著對面一間飲料店的時候，曉潔才會意過來。

只見芯怡正在飲料店的櫃台後面，穿著飲料店的制服，努力調著客人所點的飲料。

「……你怎麼會知道？」想不到阿吉竟然連芯怡打工的地點都知道，讓曉潔有點驚訝。

「妳不要看我哥那樣，」阿吉裝模作樣地說：「他可是非常關心你們這些學生的，一個真心關心你們的人，知道她在哪裡打工，有什麼大不了的？」

曉潔白了阿吉一眼，然後冷冷地說：「那可以麻煩跟你哥說一下，上課不要只是照唸課文好嗎？一個關心學生的老師，就不應該不顧學生的學習狀況，老是上那種沒營養的課不是嗎？明明可以上得很好，沒必要那麼裝死吧？」

阿吉完全無視曉潔的抗議，反而是轉過來指了指飲料店旁邊說：「等等我過去就好，以免妳被認出來。妳在那邊等一會，然後看準時機上去抱住林芯怡，妳的任務很簡單，就只要安慰她，要她閉上眼睛，告訴她那些東西暫時不會傷害她，但是絕對要冷靜之類的話，總之妳就看準時機，她一衝出來就立刻去抱緊她，知道嗎？」

「你想幹嘛？」

「我沒時間跟妳解釋了，」阿吉從車子裡面拿出一小包東西之後，將它放在胸前的口袋說：「總之，照著做就是了。」

阿吉說完之後，便下車自己走向飲料店，曉潔沒有辦法，只能照著阿吉所說的，到飲料店旁邊待機。

「歡迎光臨！請問要點什麼？」飲料店櫃台裡面的男子爽朗地招呼著阿吉。

阿吉揮揮手，一臉不耐煩地說：「檸檬紅茶大的一杯，冰塊去一半，糖多一點、酸少一點。」

一口氣說完自己所要的飲料之後，阿吉直接將銅板丟在櫃台上，然後手靠著櫃台，兩隻眼睛盯著開始幫自己製作飲料的芯怡看。

芯怡熟練地幫阿吉準備著飲料，拿著量杯照著阿吉所指示的多糖少酸，進行飲料口味的調整。

轉眼之間，芯怡完成了飲料，將檸檬紅茶放在杯膜機上，準備封上杯膜，一直盯著芯怡的阿吉，立刻揮手阻止。

「不用封了。」阿吉說著，並且揮手示意要他們把飲料拿來。

一杯檸檬紅茶送到了阿吉的面前。

阿吉大剌剌地拿起檸檬紅茶，立刻送到嘴邊，大大地喝了一口。

豪邁地喝了一口的阿吉，轉過身去，看似準備離去，但是停頓了一會之後，又轉了回來，然後垮下臉來。

站在外面一直看著飲料店的曉潔目擊了，就在剛剛阿吉轉過來的時候，阿吉快速地將胸前的那一包東西，倒入飲料之中。

當然因為角度的關係，阿吉的這個小動作，沒有被任何店員看到。

只見阿吉一臉不悅，將飲料往櫃台一擺，抗議地叫道：「搞什麼？你們沒有照我說的做啊！」

阿吉拍著櫃台突然發火，不只讓店內的所有工作人員頓時傻眼，就連奉命守在飲料店外面的曉潔也嚇了一大跳。

「你們自己喝喝看！」阿吉一臉震怒的模樣指著飲料說：「這是多糖少酸嗎！」

被阿吉這一吼，櫃台前的男子還真的伸手想要去拿飲料。

「幹什麼！」阿吉斥了男子一聲：「飲料是你調的嗎？妳！我要妳來喝。」

想當然耳，阿吉用手指著的對象，不是別人，正是調製這杯飲料的芯怡。

想不到會突然被客人這樣指定，讓芯怡有點怯懦。

「剛剛妳在做的時候我就一直盯著妳，」阿吉沉著臉說：「妳是不是看我不爽，所以在裡面加了料了？啊？」

芯怡剛剛專心地調著飲料，根本沒有注意到阿吉這邊，聽到阿吉這麼說，立刻死命地搖頭。

「沒有？」阿吉擺出一副地痞流氓的態度與神情說：「騙誰啊！給我過來喝一口，妳喝我就相信妳沒加，然後味道不對的這件事我就算了。」

想不到阿吉會用這種爛招，讓曉潔有種丟臉的感覺，這根本就是耍奧客嘛！

不過回頭想想，比起上次用腳踩在阿婆的臉上，這一次的阿吉說不定已經算是很節制了。

只是阿吉每次處理事情那種不在乎別人眼光的態度，都讓曉潔很不想承認自己認識他。

有別於曉潔在外面糾結，飲料店櫃台這邊的氣氛可以說是非常尷尬。

所有人的目光都注視著芯怡，讓她只能一臉委屈地走到櫃台前，拿起了櫃台上的飲料。

不想要直接對嘴喝的芯怡，從旁邊拿了根吸管，插到檸檬紅茶之中。

「喝大口一點啊！」阿吉惡狠狠地說：「要讓我心服口服啊！」

芯怡沒辦法，只能用力吸一口，然後在心中咒罵著眼前這個金髮奧客。

「這樣你滿意了吧？」委屈的淚水在芯怡的眼眶裡打轉，她恨恨地瞪著阿吉，咬牙切齒地問道。

阿吉用力地點了點頭，然後向後退了一步，深深地一鞠躬。

不管是暴怒還是像這樣低頭，阿吉的動作都非常誇張，讓在場的人一點都不知道該怎麼應對。

阿吉鞠躬完之後，向後退了一步，低頭看著自己的手錶。

所有人都不知道阿吉現在到底是在玩哪招，只能愣在原地看著阿吉。

氣憤難消的芯怡，一對水汪汪的大眼還是狠狠地瞪著阿吉。

接著，芯怡感覺到眼睛彷彿有異物，用力眨了眨眼睛，最後還是覺得不對勁，伸手揉起了眼睛。

一直看著手錶的阿吉，注意到了芯怡的舉動，嘴角開始浮現出笑意。

櫃台後面的芯怡揉完眼睛，眨了眨眼，搖了搖頭之後，好像看到了什麼東西，先是瞪大雙眼，接著突然開始放聲尖叫起來。

「啊——！」

芯怡突然的大叫，讓在場所有人都嚇了好大一跳，當然，除了在櫃台前面的始作俑者阿吉之外。

只見芯怡不停東張西望，並且用力地揮舞著雙手叫道：「不要靠過來！啊！不要！」

櫃台內的所有員工都亂成了一團，就在大家還手足無措的時候，芯怡突然跑出櫃台，而阿吉也在這時轉向了曉潔，似乎就是在暗示她「時機到了」。

芯怡衝出來之後，一邊回頭看，一邊想要遠離那間飲料店，彷彿飲料店裡面正有人拿著刀要追殺她似的，只是跑沒幾步，就被人從旁邊一把抱住。

驚魂未定的芯怡又叫了出來，定睛一看，才發現抱住她的人，是自己的同班同學曉潔。

「曉潔！」芯怡見到曉潔，先是一臉訝異，接著用力抓著曉潔的衣服叫道：「救我！曉潔！」

雖然實際上不是很清楚阿吉到底搞了什麼鬼，但是曉潔也大概猜到了，阿吉肯定是想辦法讓芯怡看到了那群圍繞著她的鬼魂。

這讓曉潔真的很想狠狠地踹阿吉一腳，雖然她可以理解如果不這麼做，那麼芯怡肯定不會讓阿吉幫她驅鬼之類的，但是不管怎麼說，這樣的手段還是太激烈了。

然而，現在曉潔所能做的，也的確就是像阿吉所交代的那樣，輕聲地安慰芯怡，並且告訴她這些鬼魂現在還不會傷害她之類的話。

看到曉潔穩住了芯怡，並且開始朝車子那邊走之後，阿吉再次深深鞠躬，只是這一次不是像剛剛那樣，好像誠心道歉的鞠躬，反而比較像是一位在台上表演的魔術師，在表演告一段落之後，下台一鞠躬的感覺。

鞠完躬之後，阿吉丟下滿滿一櫃台傻住的工作人員，拍拍屁股朝著自己的愛車走去。

櫃台前剛剛幫阿吉點飲料的小夥子，這時看到芯怡要被阿吉與曉潔帶上車，緊張地追了出來。

「等等！」男店員叫道：「你們要帶她去哪裡？」

「別雞婆，」阿吉皺著眉頭說：「她是林芯怡的同學，我們不會害她，所以請你回去，如果你真的關心她，幫她請個病假，OK？」

阿吉打發完男店員，轉身就要回車上。

男店員一個箭步叫道：「不行！我不能眼睜睜看著芯怡被你們帶走！我不准你們傷害芯怡！」

阿吉瞪著男店員，然後深呼吸一口氣說道：「你給我聽著，臭小子，她因為情傷的關係，一直在傷害自己。我知道你喜歡她，也知道你很想趁虛而入，但是……拜託！面對現實吧！如果你能趁虛而入，你早就得分了，但是你沒有，你甚至沒辦法讓她停止傷害、懲罰自己。所以，找個適合你的對象，好嗎？不要在那邊浪費彼此的青春了，懂嗎？」

被阿吉唸了一頓的少年人立刻翻臉，不客氣地用力推了阿吉一把說：「你在胡扯什麼！老頭你休想——」

「你叫我什麼！」阿吉瞪大雙眼打斷了男子的話：「老頭？現在的屁孩都這麼嘴賤

嗎？」

阿吉話還沒說完，手已經先朝男子的肚子上拍了一下，男子被阿吉這麼一偷襲，縮了一下，嘴巴也張了開來。

而阿吉就在這轉眼之間，手朝男子的口中彈了一下，幾滴水就這樣彈進了男子的口中。

「你……！」

男子用手摀著嘴，正打算抗議，只見阿吉卻身子一讓，然後揮了揮手說：「來來來，自己去看清楚，你有種去把她帶回來，我就讓你帶她走。」

男子不解阿吉的意思，一臉莫名地看向已經坐在車上的芯怡，只見芯怡一臉驚恐地靠在另外一個女生的肩膀上。

男子推開阿吉，朝車子走了兩步，卻突然停了下來。

男子先是搖搖頭，然後眨了眨眼，接著瞪大了眼睛，嘴巴也跟著慢慢張了開來。

「嗚……哇！」

男子突然叫了出來，並且一連向後退了好幾步，最後一個踉蹌，一屁股跌坐在地上。

「去啊。」阿吉在旁邊幸災樂禍地說：「快去把她帶走啊！」

男子看了看阿吉，又看了一眼車子之後，一邊跌跌撞撞地爬起身來，一邊放聲大叫，接著頭也不回地朝反方向逃之夭夭。

「屁孩這下真的屁滾尿流了吧！」阿吉愉悅地大笑道：「哈哈哈哈！再說說看誰是老頭啊！」

車子裡面的曉潔，看阿吉在那邊跟男子鬥氣，看到都快要氣暈了，拉下車窗叫道：「老……阿吉！你要不要上車啊！」

「喔，對，」阿吉這才回過神來說：「時間寶貴！」

「知道就好！」曉潔沒好氣地說：「快上車！」

3

跑車的後座，芯怡一臉驚恐，不停看著後車窗。

看著這樣的芯怡，曉潔這才深刻地體會到什麼叫做「坐立難安」。

「真是不好意思，」阿吉透過後照鏡，看著芯怡說：「逼妳喝下符水。」

逼？是騙吧！

曉潔心中吶喊，只是不想在這個節骨眼上吐槽阿吉。

「其實我是一個路過的修道人士，」阿吉裝模作樣地說：「剛巧要買飲料的時候，看到妳被那些惡鬼纏身，直接跟妳說，我怕妳不相信我就算了，還把我當成要泡妳的無聊男子，所以才會用這樣的方法，真是不好意思。」

看到阿吉又在那邊裝模作樣，而且還用這種老梗的爛故事來騙芯怡，讓曉潔不自覺地又翻起了白眼。

「它、它們追上來了。」芯怡顫抖地指著後面說。

在符水的影響之下，芯怡見到了那些這段日子以來一直包圍著她的鬼魂，而此時此刻，那些鬼魂正在後面追趕著這輛紅色跑車。

「我知道，」阿吉臉上掛著一抹微笑說：「別擔心，我跟妳的前男友可不一樣，我是個非常可靠的男人。」

「阿吉，你……」曉潔提出抗議，深怕阿吉說溜了嘴，把曉潔探到的情報洩漏出來。

「妳緊張什麼？」阿吉不悅地說：「可以讓一個漂亮的女孩，雙眼蒙上黑眼圈，肯定是情傷，看她這樣子我也知道她一定被前男友傷得很深，妳不懂就別開口。」

「我、我沒有……」芯怡緩緩地搖著頭。

「沒有？」阿吉一臉不以為然地說：「那妳為什麼要減肥？為什麼吃了東西之後又要吐掉？」

聽到阿吉這麼說，芯怡瞪大了雙眼，難以置信地說：「你……你怎麼會知道？」

「我說過我很可靠吧，」阿吉笑著說：「如果沒吐掉，那些鬼魂不會纏上妳，它們最喜歡的就是屍體跟人的嘔吐物。而妳之所以常吐掉那些已經吃進肚子裡面的食物，除了生病之外，唯一的可能就是減肥。這完全是充滿智慧的邏輯性推論，不是瞎猜的，好嗎？」

就在阿吉這麼說的同時，那座熟悉的廟宇又出現在三人眼前。

阿吉停好車下車之後，將一把桃木劍拿給曉潔。

「啊？」曉潔一臉不解地接下了桃木劍。

「好了，」阿吉說：「葉曉潔，妳知道流程，我先去換衣服了，妳想辦法拖住。」

「什麼？」

「妳只要揮舞手上的桃木劍就好，」阿吉平靜地說：「那些鬼魂不敢接近妳們的，不過要小心，千萬不能讓它們靠近，那些鬼魂一旦嚐到她的靈魂，林芯怡就會變得瘋狂，到時候可能還得為她收驚。總之，妳想辦法別讓它們靠近她就對了。」

「你不換那件金光閃閃的會死啊？」曉潔氣到快要說不出話來了。

「不只換衣服，」阿吉搖搖頭說：「我還要準備一些道具啊！別囉嗦，快點！時間寶貴啊。看到鬼魂就揮，知道嗎？」

阿吉交代完，一轉身就準備朝廟跑。

「看到鬼魂就揮？」曉潔左右看了一下說：「我什麼都看不到啊！」

阿吉聽了立刻停下來，轉過來說道：「喔，對，我忘了。」

阿吉從胸前的口袋拿出一小罐水，然後丟給曉潔說：「妳先喝下這罐符水，然後跟林芯怡額頭靠額頭，就好像要幫她量體溫那樣，數到五就可以了。」

阿吉說完急急忙忙地轉過身去，然後頭也不回地朝廟跑去。

曉潔看著手上那一小罐水，心中卻有一股衝動想要把這罐水砸在阿吉的頭上。

打從下車，就一直緊緊抓住曉潔衣服不放的芯怡，自始至終都不敢把頭抬起來，埋首在曉潔的背後，就好像一個不知所措又怕生的小孩。

看到芯怡這樣，曉潔心中有說不出的不忍，於是將心一橫，打開小罐子，二話不說地將符水給喝下。

喝完水之後，曉潔轉過身去，照著阿吉所說的，將額頭靠在芯怡的額頭上。

一……二……三……四……五！

在心中默數了五秒之後，曉潔睜開雙眼，將額頭移開，才剛移開額頭，朝大門口一看，立刻倒抽了一口氣。

只見滿滿一票挺著大肚子的鬼魂，面露凶光地朝兩人撲了過來。

第3章・一波再起

1

「啊——」

芯怡的尖叫聲，劃破了寧靜的夜晚。

原本一直躲在曉潔身後的芯怡，突然感覺到曉潔的動作，一張開雙眼，立刻看到那些一路上跟隨自己而來的大肚鬼魂們朝兩人撲過來。

曉潔舉起阿吉給的桃木劍，朝著率先撲向兩人的大肚鬼魂揮去。

雖然說這些鬼魂看起來非常執著於要撲向芯怡，但是對曉潔手上的桃木劍，仍然有所顧忌。

只見那個大肚鬼魂原本還流著口水衝過來，曉潔一揮舞手上的桃木劍，立刻向後退。

但是逼退了一個鬼魂，後面還有排山倒海而來的鬼魂。

曉潔根本沒有辦法一一對準所有來犯的鬼魂，只能不停用力地揮舞著手上的桃木劍，試圖逼退任何想要靠近的鬼魂。

雖然就數量來說，這些大肚鬼魂擁有絕對的優勢，但是在曉潔死命地揮舞桃木劍之下，一時之間還真沒有鬼魂可以靠近。

廟宇前的廣場，曉潔宛如長坂橋上的張飛，一夫當關、萬夫莫敵。

幾個路過廟口巷子的民眾，都特別停了一下，然後用極為詭異的表情看著曉潔。

畢竟在這些人的眼中，就只是曉潔一個人彷彿在玩老鷹抓小雞一樣，保護著身後的芯怡，怎麼看都不像是個精神正常的女孩會做的事情。

尤其在這激烈的攻防戰之中，曉潔早就因為大動作的揮劍，導致頭髮散亂，整個人看起來就跟瘋婆子沒有兩樣，會被人投以異樣的眼光似乎也是理所當然。

唯一值得慶幸的是，廟宇四周有大樓做屏障，整體來說還算隱密，路過大門巷口的民眾也不多，而且巷口與廟宇之間還是有一段距離，再加上太陽已經下山，就算看到了曉潔也沒辦法看清楚她的臉，因此曉潔雖然感到丟臉，但還不至於丟太大。

然而這樣的情況，曉潔都看在眼裡，這輩子從來不曾那麼丟臉過的曉潔，真的是有種想要拿這把劍刺入阿吉心臟的衝動。

圍繞著曉潔兩人的鬼魂們，雖然一時之間沒辦法靠近，但是這些鬼魂不但不會累，而且還無視地心引力。

它們慢慢地包圍住曉潔與芯怡，讓曉潔不但得要顧前，還得要守後，在十多分鐘的連續揮擊之下，曉潔的動作也越來越吃力，手上的桃木劍也感到越來越沉重。

不行，再這樣下去，鬼魂攻破自己的防線也只是時間的問題。

可是看看廟宇那邊，阿吉去換衣服之後就無聲無息了，完全看不到人影。

曉潔感覺自己越來越沒力的同時，內心也越來越著急。

這樣下去兩人都會死……

曉潔腦海裡面突然浮現出阿吉的身影，那是當時阿吉為了救助徐馨，跟地惑魔纏鬥時候的景象。

當時因為判斷錯誤而身陷險境的阿吉，緊急咬破自己的手指並將血彈出去，後來準備給地惑魔致命一擊時，阿吉也咬破了手指然後將血抹在桃木劍上。

眼看阿吉完全沒有回來的跡象，現在只能死馬當活馬醫了。

雙手的肌肉已經有點麻了，曉潔沒有辦法，只能賭一把。

下定決心之後，曉潔一連揮了幾下，逼退了幾個靠近的鬼魂之後，立刻將桃木劍一橫，將自己的右手伸到嘴邊。

曉潔用力朝自己的手指上一咬，痛到自己都叫出聲來了，手上卻只有留下齒痕，完全沒有破皮流血。

這時幾個鬼魂又再次靠近兩人，曉潔只能暫時放棄，舉起桃木劍將它們逼退，然後趁著空檔再咬一次。

就這樣一連試了幾次，試到曉潔痛得淚水都飆出來了，手指也快要被自己咬爛了，卻還是不見半滴血。

想不到要像電影或阿吉那樣，輕易咬破自己的手指出血，而不是咬斷或咬下一整塊肉，比曉潔想像中還要困難很多。

手指上的疼痛加上本身的體力不支，曉潔的守備越來越無法阻止鬼魂的靠近。

只見這次一咬之下，還是不見血，但是一回頭，一個鬼魂已經近在咫尺。

曉潔內心一慌，單手拿著桃木劍朝鬼魂揮去，雖然勉強逼退了鬼魂，但是旋即手上傳來震動，桃木劍也因為打中了物體而頓了一下。

「唉唷！」身後的芯怡哀號了一聲。

曉潔定睛一看，才發現剛剛因為慌張的關係，沒有注意到芯怡，以至於這一下雖然逼退了鬼魂，但是也打中了芯怡的臉。

桃木劍本身是實心桃木所製，雖然曉潔只用單手，加上肌肉已經疲勞之下，力道有限，但是敲中了芯怡的臉，還是讓芯怡立刻痛倒在地，用手摀著自己的臉痛苦不已。

「啊！」曉潔見了驚慌失措地叫道：「對不起，我不小心的，妳沒事吧！」

眼看芯怡被自己弄傷，曉潔卯起來猛力揮了幾下逼退鬼魂之後，立刻蹲下來看看芯怡的情況。

被桃木劍揮中已經痛到暈過去的芯怡，臉上還留有一條明顯的傷痕，鼻子也因為重擊而流出了許多鼻血，讓曉潔內疚到眼淚都飆出來了。

芯怡雖然暈了過去，但是危機仍然沒有解除，鬼魂們仍然圍著兩人蠢蠢欲動。

「芯怡，妳沒事吧？醒醒啊！」

曉潔一手將桃木劍橫在胸前，一手搖著芯怡，但是暈過去的芯怡仍然沒有半點回應。這時看到了芯怡滿臉的鼻血，曉潔靈機一動，用手沾了芯怡臉上的血，然後朝自己手上的桃木劍一抹。

這一抹之下，原本還蠢蠢欲動的鬼魂，立刻有了反應。

只見那些鬼魂本來還隨時都想要撲過來的模樣，曉潔將芯怡的血一抹在桃木劍上，那些鬼魂不進反退，似乎對於曉潔的這個動作有所忌憚。

看到鬼魂們有這種反應，讓曉潔的心中又燃起了希望。

曉潔站起身來，兩手緊握桃木劍，下定決心就算拚上自己的性命，也要守護這個被自己不慎打暈的同學。

染血桃木劍對鬼魂的威嚇效果，很快就開始慢慢消散了，只見鬼魂向後退了一點之後，又開始慢慢靠過來。

對它們來說，芯怡就好像溺水者的木板一樣珍貴，飢餓已久的這些鬼魂，對「食物」的執著，不是一把劍就可以阻擋得了的。

因此，在重新包圍之後，鬼魂再度朝曉潔發動攻擊。

一個鬼魂從左側撲過來，曉潔見到了，立刻像是棒球隊中的全壘打王一樣，猛力揮動手上的桃木劍。

那個大肚鬼魂看到桃木劍朝自己揮過來，在空中停住自己的身體，向後一縮，躲過了這一揮，然而雖然躲過了這一擊，但實際上卻像是被桃木劍打中般，大肚鬼整個被打飛，然後在空中轟然灰飛煙滅。

其他本來還想要跟著一起攻擊的大肚鬼，見到這景象全都頓住了。

想不到染上鮮血的桃木劍竟然對這些大肚鬼有這樣的威力，連曉潔都嚇了一跳，就好像這是一把會發出波動還是劍風的傳奇寶劍般，讓曉潔信心更是大增。

信心大振的曉潔，用劍指著大肚鬼們，臉上流露出只要你們敢衝過來，我一定殺無赦的表情。

一時之間，這些本來好不容易又重振攻勢的鬼魂們，又開始有點裹足不前。

雙方就這樣對峙了一會，鬼魂們才又開始有了動作。

只見鬼魂開始串聯在一起，就好像有了共通的意識一樣，開始圍著曉潔順時針繞起了圈來。

見到這群鬼魂從原本的爭先恐後、各自進攻，變成現在這樣有組織性的集體行動，即便有了寶劍在手，還是讓曉潔開始感到不安。

因為曉潔非常明白，就算她手上有霰彈槍，開一槍同時射中十個鬼魂已經算很了不起了，根本沒辦法擋住所有鬼魂，更何況現在自己手上的只是一把劍。

一旦這些鬼魂，同時發動攻擊的話，就算曉潔手上有神力寶劍，也不可能同時擋住那麼多鬼魂。

然而，此刻這些被飢餓沖昏頭的鬼魂們，好像也有了相同的想法，只見它們繞著曉潔越轉越快，臉上的表情也越來越一致，似乎已經有了同時發動攻擊的共識。

果然下一秒，原本繞著圈的鬼魂們同時停下了動作，接著，全部同時朝位於圓心的曉潔們撲了過來。

「啊啊！」

曉潔大叫一聲，然後揮出手上的劍，但是她的心裡非常清楚，這一次，她不可能擋住所有鬼魂了。

染血桃木劍的神威依舊，只見一擁而上的鬼魂宛如鋪天蓋地般，擋住了所有視線，但是在這一揮舞之下，還是硬生生劈開了一條缺口。

劈開了這條缺口之後，曉潔認命地仰著頭，看著其他方向的鬼魂即將淹沒自己和芯怡。

其中一個鬼魂撲到了眼前，曉潔害怕地緊閉雙眼，接著身體全身上下都感覺到一陣些微的刺痛。

這就是被鬼殺死的感覺嗎？

曉潔心中感覺到納悶。

緩緩地張開雙眼，眼前卻是一張熟悉的臉孔。

——阿吉終於來了。

曉潔低頭一看，這才發現地板上是一顆顆小小的豆子，這應該就是剛剛打到自己身體，讓她感覺到有點刺痛的東西。

阿吉朝天空撒出大把大把看起來像是符咒還是冥紙一樣黃澄澄的紙片。

曉潔環顧了一下四周，只見所有鬼魂都已經退開，就連包圍的陣形都被阿吉打得潰不成軍。

只見阿吉每撒向一處，那一處的鬼魂就好像被困住般，想逃也逃不掉，只能彼此糾纏在一起。

這一次，阿吉竟然破天荒的沒有穿上他那黃到有點金光閃閃的道袍，反而是穿著原本的衣服，這倒是出乎曉潔的意料之外。

那些原本佔上風的鬼魂，在短短的時間裡面，就被阿吉所拋出來的符咒給困住。

阿吉從地上撿起一片片看起來像是以前常用來蓋房子屋頂的瓦片，舉到了嘴邊開始唸唸有詞。

剛剛曉潔在跟這些鬼魂纏鬥的時候，並沒有那些瓦片，因此應該是阿吉拿來的，每個瓦片都貼著一張符咒，上面還寫有一些紅色筆跡的東西。

阿吉唸了幾句之後，就扔出一片瓦片。

瓦片摔在地上，立刻裂開，並且發出清脆的聲響。

每有一片瓦片破裂，就會有一處的鬼魂宛如被吸塵器吸到一樣，被吸到瓦片破裂的地方。

阿吉一共扔出了六片瓦片，而所有鬼魂也全被吸到瓦片的上方，六片瓦片的位置，看起來剛好形成了一個以阿吉為中心的正六角形。

阿吉蹲下去，確定六個地方的鬼魂都被吸住之後，將手舉起來。

「佈一方安魂障，」阿吉說道：「破六片絕慾瓦，人饑靈，這是給你們的鎮魂咒，壓！」

阿吉說完，將高舉的手朝地上一壓，六個地方的鬼魂全部瞬間被吸入地底，轉眼間整片廣場只剩下曉潔與阿吉，還有躺在地上被打暈過去的芯怡三個人而已。

危機雖然已經解除，但曉潔還是感覺到驚魂未定，雙手垂在兩側，愣愣地看著前方。

阿吉站起身來，走到了芯怡身邊，一看之下，整個人跳了起來。

本來還以為芯怡只是被嚇昏，誰知道竟然滿臉是血地躺在地上，臉上還兀自留有一條黑青的痕跡，即便不需要刑事辦案的經驗，也大概可以知道她那滿臉的血是怎麼一回事。

「哇咧，」阿吉看著曉潔手上的桃木劍說：「我叫妳用桃木劍拖住鬼魂，妳用桃木劍打妳同學是哪招？妳那麼不喜歡她嗎？」

曉潔仍然沒有動作，全身上下只有一對大眼珠轉向阿吉。

阿吉看了看桃木劍，上面還沾有血跡，一看就知道不是不小心沾上去，而是刻意抹上去的，然後又看了看曉潔的手，上面還留有剛剛曉潔試圖咬破的齒痕，綜合所有的線索，阿吉知道自己破案了。

「這……」阿吉搖搖頭說：「雖然說妳能知道染血桃木劍的威力會加倍這點是很厲害啦，而咬破手指的動作很容易被小看，這我也猜想得到，畢竟我們經過了無數的練習，所以咬起來可以恰到好處，傷皮不傷肉，流出一點血不至於咬下一塊肉，妳沒練習所以咬不出血，這我也可以諒解。但是……為了抹血，把自己同學打到鼻血直流還暈死過去，這不會太狠了嗎？」

阿吉劈哩啪啦地說了一大串自己的推論，曉潔仍舊一語不發、動也不動，只是抿著嘴瞪著阿吉。

「怎麼啦？」

阿吉皺著眉頭，對曉潔的毫無反應感到不可思議，畢竟如果是過去的她，早就已經回嘴了。

「妳該不會……被鬼咬到魂了吧？」阿吉將頭湊到曉潔面前問道。

「咬你個頭！」

曉潔突然罵道，舉起桃木劍就朝阿吉揮去。

這一下來得突然，但是阿吉的反應也夠快，身子一縮便躲掉了這一擊。

曉潔立刻再度高舉起桃木劍，阿吉見狀向後一跳，但是曉潔卻沒有揮下手上的那把桃木劍，反而是抿著嘴瞪大著雙眼，渾身發抖地瞪著阿吉。

阿吉側著頭，卻不知道曉潔現在是在演哪齣。

只見曉潔那碩大的雙眼，突然撲簌簌地流下了淚水，看到這情景，阿吉反而不知道該怎麼反應才好。

曉潔越哭越難過，最後放開了桃木劍，摀著臉開始哭出聲音來。

「好啦！」阿吉苦著臉說：「我知道啦，讓妳打一下洩恨可以了吧？」

阿吉說完之後，攤開了手，用肢體語言說著我不會躲了，妳就打一下吧。

曉潔看了一眼之後，整個人甚至完全坐倒在地上，嚎啕大哭了起來。

劫後餘生的情緒加上剛剛打傷芯怡的內疚感，以及突如其來就得要面對這些鬼魂所承受的壓力，最後還加上對阿吉的埋怨，各種情緒讓曉潔一時之間都不知道自己現在的淚流滿面到底是為了哪樁。

「不給妳打也哭，」阿吉有點著急地說：「給妳打也哭，妳……」

曉潔完全沒有理會阿吉，將頭深深埋在兩腿之間，哭得更大聲了。

「好了啦，」阿吉哭喪著臉說：「是我不好啦，不要哭了啦。」

但是這樣的安慰卻完全沒有辦法安撫曉潔激動的情緒。

「這樣不好看啦，」阿吉東張西望了一會之後說：「被人看到了，還以為我把妳怎麼了。」

曉潔聽了哭得更大聲了，最後阿吉沒辦法，只能一臉尷尬地站在旁邊。

這也算是曉潔懲罰阿吉拖半天才回來的一種方法。

坐在地上哭的曉潔認為，阿吉每次都這樣，就像上次她在這裡的情況也是，不管她的死活，自己為了騷包去換衣服，才讓她兩次都得要冒這樣的生命危險。

只是，這次曉潔還真的是誤會阿吉了。

不過這也不能怪曉潔，畢竟以過去的情況來說，曉潔遇到的都是單體的妖魔，像這種群聚型的鬼魂，曉潔還是第一次遇到。

面對這樣的群聚型的鬼魂，就好像房地產的專家常常掛在嘴邊的那一句話，「買房地產最重要的三個重點——地點、地點以及地點。」

想要對付群聚型的鬼魂，地點是非常重要的，可是阿吉等人沒有什麼時間可以看風水，最後也只能湊合著用。

畢竟廟前廣場再怎麼說也不會是一個多差的地點，只需要一點補強，就可以作為一個很好的收鬼地點。

因此除了要拿道具之外，阿吉還需要補強一下前面的地點。

方法不難，只要讓每層樓掛在門上的八卦鏡，都對準中央廣場就可以了。

這樣的調整也是讓阿吉可以那麼順利地將所有餓死鬼一網打盡的無名功臣。

因此阿吉在拿好需要的道具之後，還得一樓一樓調整過八卦鏡，這正是阿吉離開那麼久的原因。

不過話說回來……阿吉也不是不能先準備好再出發去找芯怡就是了。

廟宇前的廣場，阿吉尷尬地站在原地，曉潔坐在地上哭泣，而芯怡仍然被打暈在地板上。

三人就這麼維持著同樣的動作，一直到曉潔慢慢平復內心激動的情緒為止。

2

芯怡的狀態不算嚴重，鼻梁並沒有被打斷，骨頭方面似乎也沒什麼大礙，比較糟糕的就是臉上留下了一條黑紫的痕跡。

阿吉與曉潔先送芯怡回到家中，然後阿吉才載曉潔回家。

紅色的跑車停在曉潔家外面，一路上，兩人沒有多少對話，或許曉潔還在氣頭上，因此阿吉也不想在這個時候掃到颱風尾，雖然這個颱風是他自己造成的。

曉潔的雙親都在海外工作，因此曉潔現在是自己一個人住。

「妳還在生氣嗎？」阿吉問。

「算了，」曉潔有氣無力地說：「至少這一次你給我的東西不像八卦鏡那麼兩光。」

的確，跟洪老師給她的那個一捏就裂的八卦鏡相比，那把桃木劍要來得有力多了。

「八卦鏡兩光？」阿吉不解地說：「妳不是都已經照到了，哪裡兩光？」

「照是照到了，」曉潔說：「但是在那之前，因為我太緊張的關係，所以把鏡子給捏裂了，還差一點破掉，害我嚇了好大一跳。」

阿吉聽了臉立刻沉了下來。

「等等！」阿吉臉上沒有半點笑意，異常嚴肅地說：「妳說什麼？八卦鏡裂了？」

曉潔完全不知道到底是什麼讓阿吉那麼敏感，關於八卦鏡被打破的事情，她早就在學校跟他提到過了，打破他都沒反應了，怎麼破之前的裂痕阿吉會那麼激動。

「我有跟你說過我不小心手滑打破八卦鏡……」

「對，」阿吉激動地點著頭說：「我知道它最後破了，但是妳照到同學的時候有裂痕？這麼重要的事情妳怎麼沒跟我說？」

「我不知道那是重要的事情啊！」曉潔一臉委屈地說：「還不是因為你叫我做這種偷偷摸摸的事情，所以我一緊張才會太大力，不小心捏裂了八卦鏡，後來還手滑整個打破了，我想既然都已經破了，有沒有裂都無所謂了吧？」

「妳以為妳是女金剛嗎？」阿吉無奈地說：「徒手就想捏裂八卦鏡？八卦鏡會裂，是因為異相，不是因為女金剛的握力。」

「啊？」曉潔張大了嘴說：「異相？」

「是，」阿吉用手比劃著說：「依照裂痕所在的方位，有八個基本的可能，而依照裂痕的長短與種類，可以有六十四種變化，基本上只要看著裂痕，就大概可以得知我們面對的是什麼情況。」

「這我怎麼會知道啊。」曉潔無奈地攤開手說：「你又沒有跟我說，我也不記得裂痕的位置在哪裡了，畢竟那時候在上數學課，我沒有辦法拿出來看個仔細。」

「現在問題就是，」阿吉鐵青著臉說：「雖然有很多情況，但不管是哪一種，八卦鏡裂、必有人亡，只是看怎麼死而已。妳自己說，重不重要？」

「那怎麼辦？」曉潔瞪大了雙眼，眼睛還殘留著剛剛哭過的痕跡。

阿吉沉吟了一會之後說：「最重要的是，妳要先回想八卦鏡裂的時候，妳照到的是誰？」

阿吉這麼問可真難倒了曉潔，畢竟那時候，曉潔根本就沒有把裂痕當成一種異相，當時她緊張地把注意力全都集中在裂痕與會不會被發現上面，根本不知道自己照到了誰，因此只能依稀從教室座位來判斷，差不多是照到哪幾個人。

「我猜，」曉潔皺著眉頭說：「就是六、七排中段的那幾個，小萍啦、美嘉啦，還有淑惠……，大概就她們那附近。」

就在曉潔這麼說的同時，阿吉張開嘴正想要說話，一陣手機鈴聲打斷了他。

阿吉拿起自己的手機，接起電話回應了幾句之後，面色凝重地將手機關了起來。

「我想我知道是誰了。」阿吉沉著臉說：「我剛剛接到電話，王美嘉住院了。」

3

由於已經過了可以探病的時間，阿吉與曉潔除了心急之外，也沒有其他辦法。

第二天，普二甲兩個學生請了病假。

一個是昨天住院的美嘉，另外一個當然是臉上掛彩的芯怡。

芯怡的臉部受到了重擊，傷勢需要幾天才會逐漸消退，再加上心靈受到的創傷，當然需要一點時間的休養。

曉潔跟阿吉已經約好了，在第二天的放學後去探望美嘉。

放學之後，兩人照著約定來到了美嘉住院的醫院。

在進去之前，阿吉已經跟曉潔擬定好作戰計劃。

「等等妳想辦法拖住她父母，」阿吉對曉潔說：「讓我可以有時間去看看美嘉的狀況。」

只是當曉潔問到自己該如何拖住的時候，阿吉只給了見機行事這種一點都不具體的答案。

兩人就這樣來到了美嘉的病房。

「伯父、伯母好，」曉潔向兩人介紹道：「我是美嘉的同班同學曉潔，聽說她住院了，我代表我們班的同學來探望美嘉。這位是我哥哥，是他載我來醫院的。」

這並不是兩人第一次佯裝成兄妹來到同學家長的面前，曉潔發現自己對於撒這種謊也越來越自然了。

三人客套地聊了幾句話，期間阿吉一直不發一語地站在旁邊，過沒多久，阿吉臉上突然浮現出詭異的神情，然後大叫一聲打斷了三人的對話。

「唉唷！」阿吉突然抱著肚子，一臉痛苦地叫道：「我……肚子好痛。」

阿吉一邊誇張地跳著，一邊左右張望。

美嘉的父母見了，用手指了指阿吉身後的廁所位置。

阿吉轉身衝入廁所，留下病房中的三個人面面相覷。

沒幾秒的工夫，廁所裡面就傳來了一陣聲響。

「——噗嚕嚕嚕。」

即便不用任何人解釋，三人也知道這是什麼聲音。

「呼，好險！」廁所裡面傳來阿吉的歡呼聲：「嘿嘿！真是太危險了，差點拉了我一褲子。」

阿吉戲劇般誇張的言行舉止，讓曉潔只能苦著臉搖搖頭，低下頭去不敢正視美嘉的爸媽。

「嗯？」廁所裡面的阿吉又再度叫道：「嗚喔！」

「——啵囉囉囉。」

阿吉的歡呼之後，又是一連串的屁聲以及一陣狂洩千里的聲音。

三人在阿吉這樣的打擾之下，氣氛似乎有點尷尬。

美嘉的母親張開嘴，話還沒說出口，廁所裡面又傳來那拉肚子的聲音。

美嘉的母親立刻垮下了臉，皺起眉頭，臉上也浮現出噁心的表情。

「……我們還是到外面說吧。」曉潔一臉歉意地提議。

美嘉的父母立刻點頭表示贊同，三人就這樣離開了病房。

「真是不好意思，」才剛出病房，尷尬到極點的曉潔，立刻拚命地低頭道歉：「我哥吃壞肚子了。」

美嘉的父母尷尬地笑著說沒關係，但是腦子裡卻不約而同想著，這是哪來的怪人，拉肚子還來探病，是想要順便看醫生嗎？

不過跟阿吉不同的是，美嘉的爸媽終究是文明人，這種話始終只會停留在腦子，不會從嘴巴躍出來。

而病房裡面，三人才剛出去，廁所裡便不再傳出任何聲音，幾秒後廁所的門緩緩地打開，阿吉一臉平靜地走了出來，一點也看不出剛剛肚子不舒服的模樣。

阿吉靜悄悄地來到了美嘉的床邊，美嘉靜靜地躺在床上，雙手也被固定在床邊，似乎是擔心她會傷害到自己。

此時的美嘉彷彿沉睡過去一般，頭上綁著繃帶的她，眼袋的部分很明顯有點浮腫，嘴唇乾澀龜裂，皮膚也有點泛黑。

阿吉先看了一眼門口，確定曉潔仍然在門外跟美嘉的父母攀談之後，才伸出手，掀開美嘉的眼皮。

只見此刻美嘉雙眼只看得到眼白的部分，阿吉將眼皮掀到更上面一點，才勉強看得到上吊的瞳仁在眼珠上方遊走，宛如一個過動的孩童般，左右晃動。

阿吉非常清楚這樣的現象代表什麼意思，因此皺起了眉頭。對他來說，這可能是所有預想的情況中最糟糕的結果。

阿吉眉頭深鎖，摸著自己的下巴，似乎對自己看到的情況不是很滿意。

在美嘉的病床邊放著一串紫色的佛珠，吸引住阿吉的目光，阿吉再次皺起了眉頭，然後轉過去看了看美嘉的手。

美嘉的手上被固定住，因此阿吉必須稍微拉開固定的繩索，才能看得到手腕的情況，阿吉拉開之後，朝裡面看進去，果然在手腕上看到一條五色繩。

看到五色繩讓阿吉的臉色越來越沉重，阿吉稍稍拉開棉被，露出了美嘉的脖子。

美嘉白皙的脖子上面，有一條紅色的繩子，阿吉將紅繩拉起來，果然不一會就拉出了一個紅色的護身符。

阿吉小心翼翼地將護身符打開，拿出裡面的符籙，然後再幫美嘉蓋上棉被。

打開剛剛拿出來的符籙，阿吉一看，立刻瞪大了雙眼，臉上也蒙上了一股殺氣。

病房外面，曉潔照著阿吉的指示，跟美嘉的父母閒話家常。

「放心，」曉潔笑著說：「我會把這段時間學校老師的筆記，全部準備一份給美嘉，老師那邊我想也沒問題，我也有跟我們導師報告過，今天會來探望美嘉。」

「那還真是謝謝妳了，」美嘉的母親拍拍曉潔的肩膀說：「妳真是個好同學，如果以後美嘉康復了，一定要請妳常常來我們家坐坐。」

病房外面就在雙方這樣互相打氣、安慰之下，產生了一股和樂融融的氣氛，但是病房的門突然砰的一聲被人打開來，不但打斷了兩人的對話，也讓這股氣氛瞬間消失得無影無蹤。

只見阿吉突然走出來，臉臭到一個不行，直接走到曉潔身邊。

「走了！」阿吉冷冷地說。

講完之後，阿吉頭也不回地朝電梯走去，丟下莫名其妙的三個人愣在原地。

曉潔回過神來，草草跟美嘉的父母告別之後，也趕緊追上去。

「唉，」美嘉的母親沉重萬分地嘆了口氣跟自己的老公說：「這對兄妹的個性還差真多，妹妹那麼體貼，哥哥卻像個野蠻人一樣。」

兩人用憐憫的眼光看著曉潔的背影，心中都為曉潔有這樣的一個哥哥而默哀。

阿吉沉著臉，一路用競走般的快步走出了醫院。

「老……阿吉，等等啊！」曉潔在後面追得上氣不接下氣，好不容易才趕上阿吉叫道：「怎麼啦？有發生什麼事情嗎？美嘉還好吧？」

阿吉沒有回答，逕自來到了自己的紅色跑車旁邊，揮揮手要曉潔快點上車。

「現在呢？我們要去哪？」曉潔不解地問。

「去砍人。」阿吉咬牙切齒地答道。

第4章・煞

1

曉潔不曾看過阿吉如此憤怒的神情。

一路上，他沉默地開著車，雙眼感覺好像快要噴出火般的模樣。

就連曉潔問他實際上的情況到底怎麼樣，他也不發一語。

紅色跑車約莫開了三十多分鐘，一路開出了市區，從平地開往山上，接著在一條山路的盡頭，一座不算大的廟宇出現在曉潔的眼前。

紅色跑車一個甩尾，車頭剛剛好就堵住了這間廟宇的門口。

此刻已經入夜，基本上應該不會有什麼信徒在這樣的時間前來參拜，因此廟宇比較上面的樓層也已經熄燈，只剩下一樓的大殿還點著明亮的燈光。

「妳在車上等著。」阿吉冷冷地對曉潔說。

阿吉怒髮衝冠地下了車，將敞篷車頂給打開，整個人從駕駛座直接向前一躍，朝引擎蓋一滑，滑入廟宇門內。

「禿頭神棍！」阿吉對著廟宇叫道：「給我出來！」

阿吉的聲音在山中迴盪，產生出一次又一次的回音。

廟宇裡面靜悄悄的，沒有任何人出面。

阿吉怒氣沖沖地走到了正殿，用力踹了正殿已經關閉的大門，發出了震耳欲聾的聲響。

遠處在車上的曉潔，也被這突如其來的聲響給嚇到，雖然阿吉要她待在車上，但是此刻她也坐不住了，打開車門走下車子。

那傢伙到底又在發什麼神經啊！

雖然對於阿吉脫軌的演出，曉潔已經快要見怪不怪了，但這一次也算是瘋得徹底。從態度看起來，阿吉就好像憤怒到快要將廟宇給拆了，但是實際上現在的他，卻只是一直踹著正殿的大門，發出一次又一次巨大的聲響。

「你、你想幹嘛！」

終於在過了幾分鐘之後，有個骨瘦如柴的男子從大殿旁邊的走廊快步跑了出來，男子穿著睡衣，用手指著阿吉斥道。

阿吉一見到那男子，二話不說朝男子衝過去，男子還搞不清楚怎麼回事，阿吉已經跳了起來，然後重重地一腳踹在男子身上。

「唉唷！」男子哀號一聲。

這時已經跨越車頭走進廟宇的曉潔，看到了這個景象，立刻跑了過來。

只見那個骨瘦如柴的男子倒在地上，阿吉仍然不廢話，用左手勒住了男子的領口，右手緊緊抓住了男子的頭髮用力拉扯。

男子痛到哇哇大叫，並且不斷求饒。

「不要！」男子哀求道：「我花了很多錢才搞定的頭髮，不要拉啊！啊——」

一陣悽慘的哀號從男子口中發了出來，與此同時，阿吉向後一仰，把男子的頭髮整個給扯了下來。

曉潔定睛一看才發現，阿吉所扯下來的是一頂假髮，但是即便如此，那男子的頭皮還是紅通通的一片，光是看都讓曉潔縮起身子替他喊痛。

仍然氣憤難消的阿吉，將男子的假髮朝廟宇外的圍牆用力一扔，與夜色融為一體的假髮立刻消失在視線之中。

「你這只會害人的神棍！」阿吉用手指著男子罵道：「你這次是真的想要害死人嗎！」

男子摀著自己的頭，在地上打滾了一會之後，才蹣跚地站起來。

阿吉等男子站起身來之後，再次一個箭步上前抓住男子的領口，幾乎都快要把男子整個扯離地面了。

而男子這時才認清楚來者何人，用力搖著手說：「阿吉大哥！不是這樣，真的不是這樣！」

阿吉將男子朝正殿推過去，男子根本毫無抵抗之力，最後只能任憑阿吉將他撞在大殿的木門上，發出了砰的一聲巨響。

「等等！求求你！」男子哭喪著臉說：「我會被你打死的！」

「打死你剛好！」阿吉斥道：「你平常騙騙信徒就算了！下煞？你瘋了嗎？」

「不是我啊！」男子真的流出淚來喊冤。

「紫珠跟五色繩！」阿吉瞪大眼說：「加上那難看的鬼畫符，你還敢說不是你？全世界只有你的符會畫得那麼醜！你敢再唬爛我說不是你，我當場就打到你哭著叫媽媽！」

阿吉說完，高舉起拳頭，等待男子回答。

男子見了，立刻舉起手來擋著自己的臉叫道：「不！別打！是我！聽我說！我知道你說的是誰，真的！有話好說啊，阿吉大哥！」

阿吉聽了，用力甩開男子，然後用手比了比男子，示意要他說下去。

「我知道你說的是楊淑芬太太，對不對？」男子擦了擦自己臉上的眼淚說：「他們是前幾天來找我的，說她讀高二的女兒好像卡到陰了，所以我才會把那些東西交給他們夫妻倆。不過我跟這件事情真的沒有半點關係，我真的只是給他們那些東西而已，她女兒中煞真的跟我沒有半點關係。」

阿吉多少有點印象，在學生資料上面，美嘉的媽媽似乎是叫做楊淑芬沒錯。

阿吉不發一語地瞪著男子。

「真的啦！」眼看阿吉不太相信自己，男子急到跳腳叫道：「你說嘛，我會那麼高級的手法嗎？如果我知道她是你馬子，我一定當下就跟你通報，但是我不知道啊！你要相信我，我如果會那麼高級的東西，我還需要在這裡騙吃騙喝嗎？」

只見男子一把鼻涕一把眼淚地說著，就連曉潔都不知道該同情還是討厭這個禿頭男了。

「她女兒中煞，」男子攤開手說：「我犯的錯頂多就是讓她延誤就醫，罪不致死吧？而且我也跟她父母說過要送她去醫院，我就只是沒有老實跟他們說，我的那些玩意兒是騙人的，這樣也不算太過分吧？阿吉大哥啊！你就饒我一命吧。」

阿吉將手盤在胸前，然後在男子身前來回走了幾次之後，用手指著男子說：「好，你先把事情的經過，一五一十跟我說清楚，不要騙我，現在可是人命關天。」

2

禿頭男子帶著阿吉與曉潔兩人，來到了廟宇後面的辦公室。

曉潔這才知道，原來禿頭男子叫做鍾益登，是個專門利用宗教儀式詐騙一般民眾的神棍，以前曾經闖過一次大禍，被阿吉與他的師父呂偉道長抓到，還把他教訓了一頓。當時他特別愛使用的法器，就是那些紫色佛珠與五色繩，不學無術的他也學道士畫符，但是卻沒有法力，而且因為他的書法極為醜陋，因此反而成為了一個辨識度相當高的特徵。

曾經揭穿他詐騙手法的阿吉，在美嘉的旁邊看到了紫色佛珠就已經想到了這傢伙，加上之後確認五色繩與那個鬼畫符的符籙之後，更加確定了與鍾益登有關。

不過情況的確跟鍾益登自己所說的一樣，他如果有辦法讓人中煞或下咒，就不會是個「神棍」了。

但這並不表示鍾益登全然無辜，阿吉還是決定先聽聽鍾益登的說法再下判斷。

「大約在一個禮拜之前，」鍾益登向阿吉解釋道：「那女孩的媽媽帶她來看我，她媽本來就是我的信徒，我曾經幫她老公算過運勢，還給了她很多意見，總之，她算是我一個非常好的重要客戶。」

「被你騙了不少錢才是真的吧？」阿吉諷刺地說。

「第一次來的時候，」鍾益登自動過濾掉阿吉的諷刺繼續說：「她告訴我，她女兒不知道為什麼開始夢遊，因為她女兒過去沒有夢遊的案例，所以讓他們夫妻倆有點緊張，還一直問我會不會有事情。」

「夢遊？」阿吉挑眉說：「說仔細一點。」

「她媽說，」鍾益登回答：「來找我的前一兩天，她都在半夜的時候發現，她女兒夢遊站在陽台上。她媽說她們家住六樓，陽台是有鐵門，而且晚上睡覺的時候都有鎖門。大約在凌晨的時候，因為他們夫妻的主臥房有一扇窗是靠陽台那邊的，被鐵門的開門聲吵醒，兩人出去看，就看到他們女兒站在陽台邊。他們夫妻倆嚇壞了，很怕她夢遊會不會就這樣跳下去。」

阿吉點點頭，然後示意要鍾益登繼續說下去。

「我當時聽了也不覺得怎樣，」鍾益登繼續說：「就跟他們說，可能是八字有點沖到，應該不會是什麼大問題，然後就給了他們幾張符，要他們幫她安安魂應該就可以了。但是，事情並沒有就此結束。」

鍾益登一邊說，阿吉一邊在旁邊狂給白眼。

「沖你個頭，」阿吉在旁邊啐道：「安你個屁魂，講得跟真的一樣，你會才有鬼咧。」

面對阿吉的吐槽，鍾益登就連臉色都不敢擺，只敢繼續說下去。

「過幾天之後，」鍾益登說：「他們夫妻倆又帶她來找我。她媽告訴我，她在白天一切都很好，但是晚上除了睡覺會夢遊之外，還有一些奇怪的情況，例如自言自語或者不知道在找什麼東西的感覺，總之就是心神不寧的樣子。我看她的情況越來越糟糕，來到這裡也在說一些奇怪的話，而且很容易閃神。不過就如她媽所說的，這些現象都只有晚上才會出現，白天她就跟平常一樣，而且她對晚上那些奇怪的言行舉止都沒有半點印象。到這裡，就算我沒有真材實料，也知道事情不對了。所以我才跟她父母說，先送到醫院比較保險，至少她夢遊的時候，不至於沒有人發現。」

「既然知道情況不對，」阿吉一臉不悅地問：「為什麼不請真正的道士？」

「你這不是問一個騙子，」鍾益登哭喪著臉說：「為什麼不老實跟人家說我是騙子嗎？這太強人所難了啦。」

聽到鍾益登這麼說，阿吉站起身來，掄起了拳頭作勢又要扁鍾益登。

「別打啊！」鍾益登伸手擋在面前求饒道：「我也是要吃飯啊！」

「吃屎吧你！」阿吉嘴巴這樣罵著，但是也放下了拳頭，沉吟了一會之後問道：「她爸媽有多相信你？」

「我說的他們一定會聽。」

阿吉摸了摸下巴之後，用手指著鍾益登，惡狠狠地說：「好！不要說我不給你一條生路，只要你能做好一件事，這次的事情我就算了。」

「什麼事？」

「你去跟她父母說，」阿吉說：「要他們把女兒送到我那裡，並且全權交給我負責。」

「這……」鍾益登有點為難，似乎很擔心一旦這樣做，就會失去一個重要的客戶。

「這什麼這？」阿吉作勢又要打鍾益登斥道：「你再囉嗦看看？」

「好啦，」鍾益登叫道：「阿吉大哥你一句話，我一定照辦！」

3

美嘉的父母的確是鍾益登的信徒。

第二天阿吉去學校上課還沒回到廟裡，美嘉的父母就已經將美嘉送到了么洞八廟。

負責接待兩人的是陳伯，擁有醫學與道士背景的他，本來就是道上非常有名的道士醫生。

因此，將美嘉交給他照顧是最妥善的決定。

曉潔雖然沒有跟阿吉約好，但擔心美嘉的她，還是在放學之後，來到了么洞八廟。

何嬤告訴曉潔美嘉被安置在三樓，就在上次安置徐馨的那間房間。

曉潔踏上熟悉的階梯，來到了三樓的那扇門外，心中卻有一點五味雜陳。

上次徐馨在休息了一個禮拜之後，才回到學校去上課，雖然在校方的安排之下，輔導室有對她進行特別輔導，但是曉潔非常清楚，現在的徐馨已經走出了過去那段不愉快的陰霾。

現在的徐馨，比其他人過著更快樂的日子，甚至比起其他人更努力要過著快樂的日子。

至於原因，曉潔也非常清楚，因為她知道只有活得快樂，才能讓她的救命恩人感到欣慰。

一直到現在，徐馨還是不知道她心儀的救命恩人阿吉，正是她們班的導師，她還是把洪老師當成了阿吉的哥哥。

實在很難讓人想像幾個禮拜之前，徐馨所經歷與面對過的一切。

只是更讓曉潔難以想像的是，自己會在那麼短的時間裡面，再度來到這個地方，而房間裡面躺著的，是自己的另外一個同學。

這又讓曉潔想起了前天在廟前廣場時所想到的那個問題。

為什麼在短短不到兩個月的時間，會接二連三有那麼多的不幸降臨在自己班上呢？

就在曉潔又想起這個問題的同時，門突然打了開來，一張熟悉的臉孔出現在門後面。那人正是被阿吉請來照顧美嘉的陳伯，陳伯一見到曉潔，立刻認出曉潔。

「阿吉不在喔，」陳伯對曉潔說：「他今天可能會很晚回來。」

曉潔搖搖頭，告訴陳伯沒關係，畢竟今天曉潔並沒有告訴洪老師，也就是阿吉她會來廟裡探望美嘉。

「陳伯，」曉潔擔心地問：「美嘉的情況怎麼樣？」

陳伯皺著眉頭，雖然還沒有實際上回答曉潔，但是從臉色似乎已經洩漏出一點答案。

「唉，」陳伯嘆了口氣搖搖頭說：「非常不樂觀。」

聽到陳伯這麼說，曉潔臉色也跟著凝重了起來。

「美嘉她……」曉潔問：「到底是遇到什麼恐怖的靈體了？」

「阿吉沒跟妳說嗎？」

曉潔搖搖頭，然後把自己所知的，也就是先前八卦鏡裂開的事情，一直到昨晚去找鍾益登的事情，都告訴了陳伯。

「夢遊的確是中煞的一種前兆，」陳伯解釋道：「不過就好像生病一樣，不是感冒就一定會流鼻水，這不只關係到體質，還有八字輕重。」

「所以，」曉潔問：「美嘉遇到的靈體就是十二種類之中的煞嗎？」

陳伯點了點頭說：「煞是十二種靈體之中，唯一一種不算是靈體的東西，該怎麼說呢？它本來是源自於風水的一種氣……不好的氣。這種氣一般來說，充斥在各個地方，而在許多鬼魂的靈體身上，也有這樣的氣。在一般的情況之下，這樣的氣不會影響我們人體，但是一旦……該怎麼說，在天時地利人和的情況之下，這些氣就會纏住某些人，而這種情況我們就稱之為中煞。」

……果然是煞。

雖然昨天聽阿吉說的話，曉潔也大概猜到了，只是在內心的深處，她一直不願意承認而已。

縛、魅、屍、惑；饑、怨、狂、喪；凶、煞、滅、逆。

這是阿吉告訴過曉潔，鍾馗派所分的十二種類的靈體。

依照靈體的強度所分的這十二種之中，光是最低階的「縛」靈，也就是曉潔自己親身體驗過的，她都覺得很可怕了，更何況是中階或高階的靈體。

而在這短短不到兩個月裡面，曉潔也跟著阿吉先後遇過「惑」與「饑」，最強的也不過是屬於中階的「饑」，現在竟然會遇到高階的「煞」，就算陳伯沒解釋，曉潔也覺得絕望了。

畢竟前天的「饑」，就已經讓她有了死亡的覺悟。

因此，當聽到陳伯肯定地說，美嘉所遇到的就是「煞」時，曉潔內心彷彿綁了一顆大石般沉落到谷底。

「不過，」完全不知道曉潔的絕望，陳伯仍然繼續解釋道：「煞這種氣不會直接傷害到人，但是它對其他靈體來說，就好像一種催化劑……」

說到一半陳伯才看到了曉潔臉上深刻的表情，因此停下來慈祥地笑著說：「呵呵，真是對不起，這是我當醫生的老毛病，總是會像個老學究一樣，說了一堆，妳一定覺得很悶吧？」

曉潔的臉色之所以下沉，是因為想到了美嘉的處境，並不是因為嫌陳伯的解釋悶，事實上，她非常希望了解美嘉到底現在得面對什麼樣的情況，因此用力搖搖頭說：「陳伯，請你繼續說下去。」

「我們這一派，把煞分為三種，」陳伯繼續為曉潔解釋道：「就是天、地、人三煞。當然實際上在風水或其他學術裡頭，對於煞氣有更多的分法，不過我們鍾馗派，著重在煞氣之後的情況。就像我剛剛說的，煞氣對於其他靈體，就好像木天蓼之於貓一樣，或者也可以說火之於炸彈一樣。當一個人中了煞，就等於帶著一把火，走到火藥庫裡面。在不知情的情況之下，煞氣會影響各種靈體，最後變成實體殘害被害人。也可以說她本身就是一個不定時的炸彈，一旦經過任何靈體，都有可能被她的煞氣所上，最後變成了傷害她的惡靈。」

「三煞都一樣嗎？」曉潔問。

「嗯，」陳伯點著頭說：「三煞的分別在於中煞的方法，以及第一個被煞氣所吸引的靈體，也就是我們所謂的煞主，簡單來說，就是那些靈體會比較容易受到煞氣的影響，不過整體來說，不管哪一種煞，最後都會有一樣的結果。不過對我們來說，能夠找到煞氣的種類，會比較好處理。」

「那……」曉潔看著陳伯說：「美嘉身上的……是哪一種煞？」

「唉，」陳伯搖搖頭說：「這就是我說情況不樂觀的原因。從她身體的狀況看起來，情況並不好，我可以確定的是妳同學至少中了雙煞，情況如果糟糕一點，說不定是三煞。光是要解一個煞，就已經夠讓阿吉傷腦筋了，更何況是三煞合一，如果用醫學上的情況來說，大概就是發出病危通知的等級。畢竟三煞合一，就算是阿吉的師父，恐怕也沒辦法解決。」

聽到陳伯這麼說，曉潔原本就已經沉重的表情變得更加沉重。

「煞……，」曉潔皺著眉頭問：「我記得阿吉跟我說的種類裡面，煞是屬於高階的。」

「是，」陳伯點著頭說：「不過……妳也應該知道，我們這一派流傳下來驅鬼降魔的都是口訣吧？」

曉潔點了點頭。

「對妳同學來說，」陳伯苦笑著說：「比較好的消息就是，在所有高階的靈體之中，只有它的口訣是最完整的，不管是哪一派，關於煞的口訣都是剛剛好六千七百八十九字的口訣。妳要知道，在所有十二種的靈體之中，最詳細也最不可能出錯的，就是煞。也就是說，對於煞的了解與實際上可能發生的情況，我們都非常清楚，沒有任何一點模糊的空間，不過也因為這樣，我們都很清楚現在情況有多糟。」

「那麼接下來美嘉會怎麼樣？」

「她身體已經出現異狀，」陳伯皺著眉頭說：「表示她的煞氣已經影響到其他靈體，讓那個靈體成為了煞主。如果是在這個階段之前，我們還有機會化解她的煞氣，但是現在已經有了煞主，她本身就彷彿一個定時炸彈，一旦時間到了，就會引爆。」

「引爆？」

「嗯，」陳伯點了點頭說：「一旦引爆，方圓百里之內的所有鬼魂，都會跟煞主一樣，陷入瘋狂，前來殺害中煞氣的主體，也就是妳的同學。」

「難道那有辦法阻止嗎？」

「沒有，」陳伯果斷地搖了搖頭說：「能阻止的時機點是在煞主出現之前，現在有了煞主，即便是風水大師或者我們鍾馗派的道長，都沒有辦法阻止炸彈引爆。」

「所以，真的沒希望了嗎？」曉潔難過地說。

「當然也不是沒有希望啦，」陳伯沉著臉說：「我們唯一能做的，就是引爆之後，在那些鬼魂殺害妳同學之前，想辦法在那千軍萬馬的鬼魂之中，找到煞主，也就是最初煞氣影響到的那個鬼魂，並且將它鎮住，這樣就有機會拯救妳同學的性命，這也是中煞之後，唯一的化解之道。」

「那美嘉……」曉潔抿著嘴問：「什麼時候會引爆？」

「一個禮拜，」陳伯用手比了個一說：「這是她最後會引爆那顆炸彈的期限。」

「阿吉，」曉潔皺著眉頭說：「在引爆之後，真的還能救得了美嘉嗎？」

「唉，」陳伯搖搖頭說：「很困難，就像我說的，就算是阿吉的師父也有困難。不過阿吉的困難比他師父還要高的原因，倒也不是法力的問題，而是……」

「而是……？」

「我剛剛說過，」陳伯用手摸著下巴說：「煞的口訣，是所有口訣之中最詳細的，因此，該怎麼對付煞主，口訣當然也非常詳盡。而煞主的對付方法，有一個不可或缺的東西，這會是阿吉最困難的地方。」

「不可或缺的東西？」

「嗯，」陳伯點了點頭說：「就是我們這一派視為跟口訣一樣的至寶……鍾馗四寶之一的鍾馗寶劍。」

「鍾馗寶劍？」

「就是鍾馗祖師生前所使用的寶劍，」陳伯解釋道：「鍾馗四寶所指的就是鍾馗祖師所留下來的四個法器，分別是寶劍、法索、令旗以及符傘。而在口訣之中，要對付煞主，就是需要寶劍。」

「那麼那把鍾馗寶劍現在在哪裡？」

「就在這裡。」陳伯用手指了指正下方的地板說：「一樓正殿裡面。」

「啊？」曉潔張大了嘴，一臉訝異。

原本還以為鍾馗寶劍這種聽起來就很玄幻又很威的東西，可能長年失去下落，因此有困難，誰知道竟然就在樓下。

「既然這樣的話，」曉潔笑著說：「下去拿來用就好啦。」

「不行，」陳伯搖搖頭說：「畢竟鍾馗寶劍並不是屬於阿吉一個人的東西，也不是這座廟的所有物，而是所有鍾馗派共有的寶物，因此阿吉如果真的想要動用到那些道具，還需要得到其他人的認同。而想要獲得這樣的認同，就需要召開道士大會。」

曉潔似懂非懂地點了點頭。

「偏偏阿吉現在不是道士，」陳伯側著頭說：「光是想要召開這樣的大會就有問題了，更何況他還需要在會上，說服其他的道士，獲得其他人的首肯，才能使用鍾馗寶劍。這恐怕會是比面對引爆之後的那些鬼魂還要困難的一件事情，所以——」

「妳怎麼會在這裡？」

一個熟悉的聲音打斷了兩人的對談。

兩人回過頭，果然見到阿吉就站在兩人身後。

「你回來啦。」陳伯說：「結果如何？有找到嗎？」

阿吉皺著眉，搖了搖頭說：「我已經請光師伯幫忙了。」

「果然……還是得要這樣嗎？」陳伯點了點頭說。

「嗯。」

曉潔不太理解兩人之間這簡短對答的實際內容，因此望向陳伯，期盼他可以給自己一個解答。

「就是我剛剛跟妳說的，」陳伯會意過來對曉潔說：「召開道士大會。」

第5章．道士大會

1

鍾馗派。

之所以會有這樣的名號，就是因為這個道派是以鍾馗為祖師爺，並且相傳也是鍾馗所傳承下來的流派。

對大多數的人來說，鍾馗留給後人的，就只有那些鎮邪除妖討魔的口訣，但是實際上，他還留下了四樣寶物。

那正是鍾馗四寶，也是這些鍾馗派的道士們，非常重視且尊敬的物品。

畢竟，這些等於是祖師爺的遺物。

鍾馗四寶分別是鍾馗寶劍、鍾馗令旗、鍾馗法索以及鍾馗符傘。

而鍾馗派在後來分裂成四派之後，鍾馗四寶也分別由四派保管。

東派負責保管鍾馗令旗、西派負責保管鍾馗法索，而南派則負責保管鍾馗符傘。

至於北派所負責的，就是四寶之首的鍾馗寶劍，這把寶劍就被鎖在么洞八廟正殿那尊鍾馗神像下面的一個大保險櫃裡。

雖然說阿吉現在已經是么洞八廟的主人，然而想要動用這把寶劍，絕對不是阿吉一個人可以決定的。

在確定了美嘉確實是被煞氣所纏，並且已經擁有煞主的情況之下，能做的事情就只有一件，那便是召開道士大會。

不過情況的確就像陳伯所言，阿吉本人並沒有這樣的資格可以召開大會，因此唯一一條路，就是找一個可以召開道士大會的人。

那個人不是別人，正是北派其中一位德高望重的人物，也是呂偉道長的師兄，阿吉的師伯，劉瑜光道長。

被人尊稱為光道長的他，雖然沒有師弟呂偉道長那麼威名遠播，但也是個非常有實力的道長，北派的許多弟子，除了稱呼他為光道長之外，私底下還給了他一個稱呼——七十九道長。

當然這個稱呼就是呼應他的師弟呂偉道長而來的，不過光道長本身非常不喜歡這個稱號，因此北派的弟子也只敢在私底下這麼稱呼他。

在呂偉道長去世之後的現在，他可以算是所有鍾馗派的道長之中，驅魔伏妖的第一把交椅。

在北派擁有舉足輕重地位的他，的確是召開道士大會的最佳人選，因此阿吉找上了他。

阿吉與光道長並不算陌生，光道長畢竟是阿吉的師伯，當年阿吉決定要放棄道長的工作，也是第一個告訴光道長。

有別於其他鍾馗派道長的一片反對聲浪，事實上，光道長是唯一支持阿吉做出這個決定的人。

阿吉將自己學生中煞的事情告訴了光道長，並且希望可以召開道士大會，光道長立刻幫阿吉發出了邀請。

由於美嘉所剩的時間不多，因此時間就訂在當周的周末。

至於地點則是在阿吉的廟宇，也就是一直都被認為是北派大本營的么洞八廟。

然而，在呂偉道長去世之後，不，正確來說，應該在呂偉道長去世之前，么洞八廟裡面的工作人員，就已經不太足夠應付這樣的大會。

過去么洞八廟一共召開過三次道士大會，但不管哪一次，都是為了要動用鍾馗四寶才特別召開的。

也因為只有在特別需要的時候，才會召開這樣的大會，所以么洞八廟所召開的道士大會，比起其他廟宇所召開的大會都還要簡樸許多。

過去當面臨這樣的情況時，呂偉道長總是可以找到許多幫手前來幫忙，但是阿吉不像呂偉道長的人面那麼廣，唯一能找到的就只有兩個幫手，這兩個幫手不是別人，正是曉潔以及阿吉曾經救助過的徐馨。

兩人得要負責接待所有從台灣各地前來的鍾馗派重要道士。

對於能夠再次見到阿吉，徐馨的喜悅不在話下，但是曉潔的心情就沒辦法像徐馨那麼開心了。

畢竟她非常清楚，這一次的道士大會很可能關係到自己同學的生死，如果阿吉沒有辦法在會議上面得到另外三派的首肯，就沒辦法動用鍾馗寶劍。

自己的同學，就很可能會這樣死亡。

曉潔就這樣帶著忐忑不安的心情，迎接這個很可能改變自己同學一生的周末到來。

2

就跟么洞八廟的外觀一樣，道士大會也十分低調。

雖然一早開始就有來自各地的道長魚貫前來，可是如果不是知情的人士，根本就不會知道他們是要前來參與一場重要的會議。

那些提早來到的道長們，大多都會先到位於二樓的「呂偉道長生命紀念館」，緬懷這位鍾馗派的傳奇人物。

負責接待的曉潔，這才真正深刻體會到呂偉道長的偉大。

幾乎每個來到生命紀念館的道士，都有一則特別的故事跟呂偉道長有關。

但是這些故事幾乎都如出一轍地述說著，他們在什麼時候，遇到了什麼困難，而最後出手相救的，就是這個紀念館的主人呂偉道長。

曉潔覺得自己就好像一個歷史學家，也好像一個刑事案件中的側寫專家一樣，藉由這一個個過來緬懷呂偉道長的人們口中，慢慢拼湊出呂偉道長生前的模樣。

「他永遠都把自己擺在第二，總是把別人放在第一。」

「慈祥、穩重，真的是我們鍾馗派在祖師爺之下，最重要的大人物。」

「不管面對什麼樣的險境，他總是能夠冷靜應對，只有他才能夠從實戰之中，找到那些失落的口訣。」

「如果說祖師爺真的經過轉世重回人間的話，那麼他一定轉世成為了呂偉道長。」

「先不要說那一百零八個收鬼傳奇，光是身為人，像呂偉道長那樣有耐心、有愛心的人，也已經是人世間少有的。」

有了這些人宛如在歌頌一個偉人般的讚頌之詞，加上那些圍繞在生命紀念館呂偉道長的相片，讓曉潔有種呂偉道長只是去買個東西，等等自己就能見到本人的錯覺。

但是這也讓曉潔越來越困惑了，隨著自己對呂偉道長越來越了解，心中的疑惑也越來越深。

怎麼看，阿吉都跟呂偉道長有著天壤之別，但是這一對師徒卻似乎非常親密，為什麼會這樣呢？

人家說走得越近會越是相像，就像近朱者赤，近墨者黑，到底是什麼原因能夠讓阿吉完全沒有半點與呂偉道長相似的地方？

隨著大會召開的時間越來越接近，前來的道長也越來越多。

不只有曉潔跟徐馨，就連所有廟方的工作人員，也都忙進忙出，忙到不可開交。

大會的地點在廟宇的四樓，時間到了之後，所有來自台灣各地的鍾馗派道長，將四樓的大廳擠得水洩不通。

曉潔與徐馨兩人在門口，迎接一位又一位到來的道士，卻一直沒有看到那個召開此次大會的主人，阿吉。

隨著時間一分一秒過去，都已經到了預定的召開時間還是不見阿吉人影，就在曉潔猶豫著要不要下樓問問看阿吉人到底死哪去了的時候，身旁的徐馨突然瞪大了雙眼。

徐馨的臉上，瞬間浮現出那種只會出現在漫畫灌籃高手之中，那些迷戀著流川楓的親衛隊員們臉上的表情。

即便不用徐馨開口，曉潔也知道，那傢伙來了。

曉潔懶洋洋地轉過身，畢竟現在的她可是一點也開心不起來，除了緊張之外，還多了一抹不安。

可是一轉過身，曉潔的雙眼也跟徐馨一樣瞪得老大。

只見阿吉仍然是一頭金髮，但是卻看不見時髦誇張的髮型，反而是梳理整齊的三七分，身上也不是抓鬼時候必穿的那件金色道袍，而是一套非常樸素的道衣，沒戴有色鏡片的眼鏡，更沒有角膜變色隱形眼鏡，也不見任何其他裝飾，有的只是嚴肅的神情。

可是讓曉潔真正感到詭異的是，看著這樣的阿吉，不知道為什麼自己卻不覺得有半點奇怪或者做作的感覺。

就彷彿阿吉一出生就是個非常嚴謹的道士一樣。

「不好意思，」阿吉經過兩人身邊的時候，向兩人微微點了點頭說：「辛苦妳們了。」

聽到阿吉這麼說，曉潔可以說是震驚到嘴巴都合不攏，而一旁的徐馨則是用力搖著頭。

「不會，不會。」徐馨這麼說著，然後用幾乎只有蚊子聽得到的聲音說：「為了你，這點小事不算什麼……」

這傢伙肯定有精神分裂！而且精神體還絕對不止兩個！

就在曉潔內心這麼吶喊的同時，剎那間曉潔從阿吉的表情看出了端倪。

那種自然以及沉穩，其實不是來自於個性的轉換，相反的，是因為看清事實才有的變化。

阿吉並不是害怕別人批評他的造型，也不是在意別人對他的看法。

那種無謂的心情，對阿吉來說，他根本就毫不在乎。

問題是在於這場會議背後所代表的意義，如果沒辦法得到許可，那麼很可能意味著自己的學生，也就是曉潔的同學，必須賠上一命。

有了這一層面的認知，曉潔終於了解阿吉臉上的表情，那是背水一戰的表情，如果這裡失敗了，那麼救美嘉的行動，很可能也會跟著失敗，因此他只能成功不許失敗。

這一切，正清清楚楚地寫在阿吉的臉上。

不知道為什麼，看到這樣的阿吉，讓曉潔感到呼吸有點急促，原本就已經很不安的心情，又更加不安了。

如果連阿吉那種散漫的人，都已經這麼嚴肅對待了，那麼美嘉的希望或許比自己想像的還要來得渺茫。

會議，就在曉潔如此忐忑不安的情況之下，正式開始了。

身為服務人員的曉潔，與徐馨兩人一起站在門口看著屋內滿滿的道長。

徐馨不用說，那雙大眼睛唯一注目的人，正是此刻站在對側的阿吉身上。

但是曉潔這邊，則是環視著道長們，希望這些道長不要否決等等阿吉所提出來的要求。

「唉唷唷，」一個男子的聲音從身後傳來：「這還真是莊重的場面啊。哈哈，全台灣鍾馗派最重要的道長們，群聚一堂，真是一個大場面啊。」

曉潔回過頭，身後站著一個染著棕髮的男子，頭髮梳得很高，露出的耳朵戴著一對耳環，有一種龐克的味道。

「這麼嚴肅的場面，」男子笑著說：「不適合我，我還是跟你們兩位美麗的姑娘一起，站在這裡觀望就好了。」

男子一副有點痞痞的模樣，把手插在口袋說：「兩位美女，有沒有榮幸讓我知道妳們的芳名啊？」

雖然不知道男子是什麼人，但是會在這時候上門，而且還說得出鍾馗派名號的人，應該也是有點關係的人，因此即便心中不是很舒服，曉潔還是簡單介紹了自己與徐馨。

「哇，」男子笑著說：「兩位不只人美，就連名字都美，兩位美女妳們好，妳們可以叫我阿畢。」

阿畢自我介紹完之後，深深地一鞠躬。

不知道為什麼，從眼前這個有點油腔滑調的男子身上，竟然讓曉潔覺得比起現在的阿吉，他更像阿吉。

就在曉潔忙著應付阿畢之際，身後的道士們開始紛紛就座，準備開始這一次的道士大會。

在四樓的大廳深處，擺著四張看起來就跟其他椅子不同的高腳椅，代表著東南西北四派的道長掌門，也就是各派名符其實的首領。

其中三張椅子，此刻上面都坐著三位年事已高的老道長，只剩下最後面的那張椅子，還沒有任何人就座。

這時，一個看起來比其他三位都還要年輕的中年道士，走到了椅子前面，然後緩緩地坐了下去。

那位中年道士一屁股坐下去的那一瞬間，台下多位道長紛紛開始議論起來。

「妳不知道他們在騷動什麼，對吧？」身後的阿畢問曉潔。

曉潔點了點頭，的確她不明白為什麼最後一個中年男子坐下去，會引發小小的騷動。

「首先，」阿畢輕聲地說：「先介紹一下那位坐下去的男子，他是光道長，是北派非常有名的呂偉道長的師兄。許多人私底下在背後都叫他『七十九道長』，當然他本人非常不喜歡這個稱號，因為七十九怎麼樣都不如一零八。」

阿畢說到這裡，略帶不屑地笑了一下，讓曉潔心想，這男人還真是跟平常的阿吉有得拚。

「相信妳也看得出來，」阿畢繼續說：「擺在最深處的那四張椅子，很明顯跟其他的不一樣，這是道士大會的規矩，那四張椅子分別代表著東、南、西、北四派的掌門。如何產生掌門，當然各派都不太一樣，可是鍾馗派比較特殊的地方是，就算你們各派推出了代表，也需要其他三派的人認同才行。從剛剛的騷動，我想妳應該非常清楚，對於北派的掌門由光道長來擔任，其他人並不認同。事實上，對其他三派的人來說，那個位置他沒資格坐。畢竟那個位置，以前坐上去的人，是他偉大的師弟呂偉道長，也就是江湖上人人尊稱的一零八道長。我想在很多人的心中，能坐在那個位置的理想人選，應該是那個金髮，看起來有點糟糕，實際上也真的挺糟糕的男人吧。」

當然，阿畢口中那「金髮有點糟糕的男人」，指的正是阿吉。

此刻，阿吉已經站在眾人面前，跟大家述說著這次大會的目的。

而不知道為什麼，聽到阿畢這樣批評阿吉，讓曉潔的心中有種想打人的衝動，瞬間就很不想理他。

加上現在阿吉正說到此次大會的重點，因此曉潔轉過頭去，不再理會阿畢。

至於站在一旁的徐馨，則從頭到尾都沉浸在個人的世界裡，只是癡迷地望著阿吉，完全沒有將阿畢的話聽進耳裡，根本無視阿畢的存在。

「……所以我需要大家的首肯，動用我們北派所負責保管的『鍾馗寶劍』。」阿吉如此說著。

這話說完，所有人理所當然地開始七嘴八舌了起來。

不只有底下那些道士們互相討論著，就連最深處的四名位高權重的掌門道長們，也開始互相交談了起來。

「妳可能不太了解各派的習性，」阿畢在後面跟曉潔說著：「南派是個非常重人情的一派，對於道士大會上所有的議題，南派幾乎都是看人情而動，誰對他們好，他們就對誰好，一向是如此。至於西派，則是人云亦云，屬於牆頭草派。而東派，一直都對其他三派有些許的敵意，因此比較容易為了反對而反對，不過，對於其他三派都贊成的事情，他們也不會硬幹。至於北派嘛，在過去一零八道長的時代，幾乎都是另外三派的共主，說他實際上是我們鍾馗派的總掌門也不為過。可是現在換成了那位七十九道長……事情就很難說了。」

雖然曉潔刻意不想理會那個講阿吉壞話的男人，可是不可否認的，他的話也的確吸引了曉潔的注意，尤其現在的曉潔，還正在擔心著阿吉的提案不知道可不可以通過。

因此曉潔壓抑住自己心中的厭惡感，轉過來問阿畢：「那麼，現在阿吉的提案……會不會通過呢？」

「嗯……」阿畢皺著眉頭說：「我們南派或許會是最支持阿吉的人也說不定，畢竟我們當年差點就瓦解了，如果不是呂偉道長，我們今天也沒辦法重新振作。這點對我們南派這些比較講究義氣、重感情的人來說，只要阿吉所提出來的要求不要太過分，掌門的老頭子應該都會答應。」

聽到阿畢這麼說，曉潔才知道原來眼前這個穿著一身便服，跟阿吉一樣玩世不恭的男人，竟然是南派的人。而從阿畢所說的話之中，也讓曉潔不免鬆了一大口氣。

阿吉本身是北派的人，而南派如果也真像阿畢所說的一樣答應了，那麼西派在兩票的前提之下，自然也會答應，東派到最後不答應也不行了。

「所以，」曉潔的臉上不自覺地露出了笑容：「阿吉應該可以順利借出寶劍囉？」

「哈哈，」阿畢笑著說：「如果真的那麼簡單，妳覺得阿吉還會那麼嚴肅嗎？」

從阿畢的口中，似乎可以聽出他跟阿吉應該是認識的，可是曉潔還是受不了他那總是帶有點嘲諷的口氣……真的就好像阿吉一樣，而這點一直都是曉潔最受不了阿吉的地方，更何況阿畢對曉潔來說，幾乎就是陌生人，因此這點更讓曉潔覺得受不了。

「不，」阿畢搖搖頭說：「就像我剛剛說的，只要北派點頭，加上南派一開始就點頭，這樣就已經兩票了，西派自然會加入，最後東派即便有點不願意，但是也只能點頭。」

「對啊。」

「所以……問題就出在北派。」阿畢冷冷地說。

「北派？」曉潔一臉疑惑地問：「不就是阿吉這一派嗎？自己人不支持自己人？」

「……妳看下去就知道了。」

就在阿畢這麼說的時候，遠處四個座位之一的老道長，站起身來，四周原本一直討論不休的聲音，也在這時緩緩停了下來。

「對我們來說，」那老道長沉著臉說：「祖師爺所留下來的除了口訣之外，最重要的就是四大法器。」

「講話的是東派掌門。」阿畢輕聲跟曉潔說。

「你師父，」東派掌門指著阿吉說：「差點就讓我們失去一個法器，現在你還想要動用四大法器之首的鍾馗寶劍？」

「破煞必用的鍾馗寶劍，」阿吉不卑不亢地說：「如果可以不動用，在座的各位有任何一方有口訣可以分享嗎？」

阿吉此話一出，四周的確又引發了一陣騷動。

「不能分享口訣。」阿畢笑著說：「是我們道士大會鐵的紀律，這傢伙即便穿得人模人樣，骨子裡面還是一樣叛逆，故意在這個時候這麼說，其實是因為『煞』在四派的口訣都一樣。光是剛剛那句話啊，對很多人來說，就已經是很大逆不道的行為了。」

雖然阿吉的行為或許的確有點叛逆，但是這一問也讓東派掌門一時之間沒有話說。

「是不是煞，」前排一個男子站起身來說道：「現在也只是你說的，不是嗎？如果我沒有記錯的話，你應該不是我們鍾馗派的道士吧？」

「說話的是東派的大師兄，」阿畢說：「也就是那個東派掌門的得意大弟子，東派的第二把交椅。」

「不是我們不相信你，」東派大師兄說：「當初看在你師父的面子上，道士大會要讓你繼承你師父的衣缽，是你自己推辭掉的，你忘記了嗎？現在又怎麼能讓我們相信你的判斷呢？」

「辨靈斷妖識魔，」阿吉面無表情地說：「本來就是鍾馗派的基本功，就好像把脈一樣，即便我不是道士，師父教過我的，我可不曾忘記過，更沒有發生過那種把天妖當成地靈的情形。」

只見那東派大師兄被阿吉這麼一說，整張臉都沉了下來，下面不少人更是直接笑了出來。

「嘖嘖嘖，」阿畢在後面咂嘴笑著說：「這傢伙也太機車了，竟然把人家的陳年往事翻出來，那可是人家最丟臉的事情呢。」

曉潔不解，一臉疑惑地看著阿畢，阿畢解釋道：「就是那個東派大師兄啊，在十多年前剛出道的時候，曾經差點鬧出人命，就是因為他口訣記錯了，錯把地靈的口訣套用在處理天妖的法事上。阿吉會知道這件事情，當然是當時出面解決善後的人，正是阿吉的師父呂偉道長。只是，你看看在這莊重的場合，把人家最丟臉的事情講出來，現在我看很多本來不知道的人，今天應該都會知道這件事情了，這下東派大師兄的臉可真的是丟大了。」

曉潔看著場內，果然已經有許多道士們開始交頭接耳，有些聽著聽著還露出了笑意，並且用那種會燒傷人的眼光，看向東派大師兄，東派大師兄也看到底下那些人的反應，因此鐵青著一張臉瞪著阿吉。

看到情況這樣，曉潔心中也不免責備起阿吉，明明應該是要說服其他人的，這樣樹立敵人，只怕情況會越來越糟糕。

彷彿看穿了曉潔的心聲，阿畢在後面說：「不過妳也不用擔心，反正不管怎麼好聲好氣，東派的人最後都會反對到底，所以沒什麼差別。這就叫做不打白不打，最近東派的那傢伙也的確越來越臭屁了，正好缺的就是這種可以殺殺他銳氣的白目。」

「好了，」這時坐在四個位置最外側的老者，揮了揮手說：「是不是中煞我想不相信的大可以去查個清楚，而這也不是我們討論的重點，今天的重點是阿吉能不能動用寶劍，如果你還想要知道那個女孩子是不是真的中煞，你大可以親自去看看，還是說你信不過陳醫師，認為自己比他行？」

這裡老者所說的陳醫師，正是曉潔所認識的「陳伯」。

東派大師兄看了自己師父一眼，師父沉著臉一臉責備地瞪了他一眼之後，甩了甩頭要他退下，別再丟人現眼了。

「北派光道長的意見呢？」那老者見到東派大師兄退下之後，轉過頭來問了問一直都坐在最深處沒有發表任何意見的光道長。

當然在阿畢的介紹之下，曉潔知道這個坐在四個位置最外側的老者，正是阿畢他們南派的掌門。

被問到的光道長，仰起了頭，看著阿吉說：「雖然阿吉不是道士，但終歸是我師弟的嫡傳弟子，對我們北派來說也是自己人，因此我不太方便表達立場，我尊重各位的決定。」

聽到光道長這樣說，阿吉的臉上並沒有任何表情，但是遠處的曉潔已經轉過來看著阿畢，阿畢挑起了眉毛，一臉「看吧，我就跟妳說了」的表情。

而南派的掌門聽到光道長這麼說，臉色也顯現出不滿，站起身來說：「那好，我就表明我南派的立場，我支持阿吉動用鍾馗寶劍的決定。」

「現在是你說了算嗎？」東派的掌門怒目站了起來說：「我強烈反對阿吉動用祖師爺的寶劍！就算是他的師父，現在也休想得到我的首肯，更何況是他？」

想不到兩人竟然會這樣吵起來，兩人不但各自代表著東派與南派，又是鍾馗派數一數二的重要人物，因此這樣的針鋒相對，底下的道士們，個個都鐵青著臉，不知道該怎麼辦才好。

「兩位不要那麼激動。」坐在兩人之間的老者站起來勸道：「先冷靜一點。」

即使這一次阿畢沒介紹，曉潔也猜到了說話的正是西派的掌門。

「你叫他冷靜點吧，」東派掌門指著南派說：「我已經說得很清楚了，我不會答應的。」

「你才需要冷靜一點，」南派掌門回擊道：「現在是要救人耶，問你只是尊重你，你以前難道沒有受過這小子師父的幫忙嗎？別忘了當初為你弟子擦屁股的就是他師父，不然你以為你那搖擺的大弟子還有命可以站在這裡嗎？做人啊，不能忘恩負義！」

說到激動處，不只有南派掌門向前踏了一步，就連他身後的弟子們也開始躁動起來。

西派見狀，立刻上前阻止了南派掌門。

「兩位都先請坐，」好不容易阻止住一場爭執的西派掌門，苦著一張臉說：「都先冷靜一下，可以嗎？」

才剛坐下來，南派掌門側著頭問：「老姜你呢？你又有什麼看法？」

突然被南派掌門這麼問，被稱為老姜的西派掌門，一臉尷尬地看了看東派，又看了看南派，嘴裡只能說著：「這……」

猶豫了半天，最後老姜轉向阿吉問道：「那個你要救的人……是什麼重要的人嗎？」

剛剛在提出要求的時候，阿吉並沒有說出美嘉的身分，更沒有提到美嘉是自己的學生。

但是此刻老姜會這麼問，用意其實也很簡單，意思就是如果這女孩是權貴，他就會想辦法說服東派，但是如果只是一般女孩子的話……他就會想辦法說服南派。

「師父傳承給我的口訣之中，」阿吉當然知道西派掌門打的算盤，因此沉著臉說：「沒有任何一個字是要我去判斷被害人的身分地位。」

被阿吉這麼一說，老姜自然也知道自己的想法被人看穿了，只能摸摸鼻子自討沒趣地坐回位置上。

「兩人不願意表明立場，」東派掌門仰著頭說：「加上我一個人堅決反對，在這種情況之下，我看這件案子就這樣否決了。不要忘了，想要動用祖師四寶，需要我們全員通過，我想再討論下去也沒有意義了。」

「沒有意義？」南派掌門立刻站起身來叫道：「那未來任何人想要動用四寶，都休想得到我們的認同，一切討論都沒有意義。」

「隨便你們啊，」東派掌門一臉無所謂地說：「你們南派一直都很衝動，不管做什麼事情都看自己的心情，不然你們當初也不會陷入那樣的危機。」

「你！」

南派掌門被氣到差點七竅生煙，才開口說了一個字，便只能坐在位置上拚命地喘。南派掌門上氣不接下氣，摀著胸口揉了一會之後，突然大斥一聲：「阿畢！還不給我滾出來！」

想不到南派掌門會突然叫起阿畢，就連站在阿畢身邊的曉潔也嚇了一跳。「喔喔，」阿畢丟下一句話說道：「接下來就是換我登場的時候了。」

「來了！」阿畢對南派掌門叫道：「師父。」

阿畢朝場中央走過去，幾乎吸引住在場所有道士們的注意，當然也引發了其他人的討論。

「啊，」其中一個坐在離曉潔不遠處的道士向隔壁的道士說：「是南派的三哥。」

「南派的三哥？」

「對啊，」那道士點著頭說：「南派最有名的三哥，幾乎可以篤定就是要接下南派掌門的傢伙。別看他這樣，他可是呂偉道長曾經指點過的大道士。」

站在後面聽到道士這麼說的曉潔，內心也震了一下。

想不到那個阿畢竟然會是個有名的道士，更有甚者還是被呂偉道長指點過，將來可能接掌南派的人。

這下真的讓曉潔有點困惑了，怎麼被呂偉道長教過的人，都會染起頭髮，一副玩世不恭的樣子嗎？

他指點的到底是造型還是身為道士的能力啊？

阿畢穿過道士群，走到了台前，站在阿吉的身邊。

「我可沒拜託你上來幫我。」阿吉用只有阿畢一個人聽得見的聲音說著。

「嘿嘿，」阿畢也低聲地回應：「怎麼可能呢？如果我不來幫你，你哪能搞得定啊？」

阿畢說完，立刻大動作地向深處的四位掌門鞠躬，然後轉過來對著大家說：「各位鍾馗派的道友們，我叫阿畢，是南派掌門高道長的三弟子，也就是你們大家私底下稱為頑固老高的弟子。」

聽到阿畢這麼說，底下有人也跟著笑了出來。

頑固老高的確就是那位南派掌門私底下的外號，身為弟子的阿畢竟然在這個時候說出自己師父的外號，妥不妥當先不說，不可思議的是現場原本劍拔弩張的氣氛，確實在阿畢這一句話之下，緩和了不少。

「既然大家……」阿畢笑著說：「私底下都稱呼我師父為頑固老高，自然也知道我師父的個性，對我師父來說，這座廟宇的前主人，也就是大家尊稱為一零八道長的呂偉師父，是我師父一生敬重的人。他老人家做事情比較衝動，而且也不太擅長言詞，相信我，即便到現在，我們做錯事情還是會被他老人家拳打腳踢。」阿畢看了自己的師父頑固老高一眼，頑固老高也白了阿畢一眼。

「就像我說的，」阿畢續繼說：「他老人家想說的話，往往跟他的意思不太一樣，因此身為弟子的我，有必要為大家解釋一下。我師父剛剛之所以那麼激動，其實是想要問大家，身為鍾馗派的道士，你們真的要眼睜睜看著一個女孩喪命，就只因為我們不想要動用祖師爺留下來的遺物？」

這句話說得平淡，但是裡面不乏帶有點責備的語氣，現在的氣氛又再次變得有點緊繃。

「祖師爺傳下來的口訣，」阿畢攤開手說：「不准予以記錄的原因，不就是害怕有人學會之後，拿來濫用對付鬼魂。一個連對鬼魂，都能懷著慈悲心的祖師爺，你確定如果他還在世，會眼睜睜看著一個女孩子中煞而亡嗎？」

此時，在場的許多道士雖然沒有表示出任何意見，但是曉潔可以清楚地從他們的臉上，看出風向正在轉變的感覺。

曉潔看得出來，當然台上的阿畢也看得出來，他望向自己的師父，只見頑固老高似乎對這樣的結果還不夠滿意，揮著手要他繼續說。

「知道啦，師父。」阿畢笑著說：「各位看看我師父急的。另外，我師父還有一個意思，就是他希望在座的各位想想，你們之中有多少人在過去，受過這個廟宇的前主人，也就是被你們尊稱為一零八道長的呂偉道長的幫助。你們真的要在這個時候，背棄他唯一的弟子嗎？」

頑固老高這時彷彿呼應阿畢的看法，猛地站起身來，用力地點了點頭。

「所以我想，」阿畢接著說：「一旦我們拒絕了阿吉的要求，不管有什麼理由，都不能改變我們背棄了一個女孩子，以及一零八道長的事實。不管再多的討論，也改變不了這樣的事實。再多的爭執，也只流於謾罵。這不是當年呂偉道長重開道士大會的意義，也不是重整之後的鍾馗派該有的風範。所以，如果沒有任何人對這件事情有其他意見，我想直接表決就可以了。」

阿畢說完，眼神銳利地盯著台下的道士，現場鴉雀無聲。

剛剛向隔壁介紹南派三哥的道士，此刻正一臉得意地看著另一個道士，彷彿南派三哥是他的弟子一樣，讓曉潔感覺哭笑不得。

而看著阿畢的模樣，不知道為什麼，曉潔越看越覺得阿畢跟阿吉真的有種說不出來的相似之處。

「既然沒有其他意見，那麼現在，」阿畢攤開手說：「我們就請四位掌門師伯、師叔們，做出最後的決定吧？」

阿畢話才剛說完，頑固老高立馬答道：「我們南派贊成阿吉使用祖師爺寶劍！」

「師父啊，」阿畢笑著說：「我還沒問您呢？畢竟您老人家就算阿吉想要娶您的小女兒，您也不會有意見的，不是嗎？」

阿畢此話一出，底下已經有人暗自偷笑了起來。

只是為人比較憨直的南派掌門，瞪大雙眼認真地問道：「喔？阿吉有這麼想嗎？」

這話一出更是惹得下面的人笑了出來。

「你是在害我還是在幫我？」阿吉冷冷地對著阿畢說。

「沒，」阿畢笑著說：「當然沒有啦，我只是比喻。」

這話讓頑固老高沉下了臉，不知道為什麼，曉潔還真從那個老人家臉上看到一點遺憾的感覺。

「第一個要問的，」阿畢笑著比了比光道長，然後收起笑容一臉誠懇地說：「當然是聲稱阿吉是自己人的北派代表人物，光道長才對。光道長，不知道您願不願意支持身為自己人的阿吉，為了拯救一個女孩子的性命，而動用祖師爺所遺留下來的寶劍呢？」

這話說得誠懇，但是話中聽起來還是有點酸中帶刺，讓曉潔不自覺地替阿畢捏了把冷汗。

光道長站起身來，身材本來就比較高大的光道長，沉著臉凝視著阿畢，過了一會之後，才淡淡地說：「贊成。」

「好了，」阿畢笑著轉向自己的師父說：「那麼現在南派掌門，也就是師父您老人家，贊不贊成阿吉動用寶劍？」

「贊成！」南派師父大聲地說：「當然贊成，救人如救火，如果不幫阿吉，那留下這些法器，又有什麼意義？」

「那麼現在就是兩票了，」阿畢特別強調地用手比著二，然後轉向西派掌門問道：「那麼西派的掌門姜道長，您是否贊成呂偉道長的唯一弟子阿吉，動用寶劍來救助一個可憐的女孩子？」

「嗯，」老姜低著頭說：「贊成，這也算是感念呂偉道長對我們的恩惠。」

看著阿畢那種話中帶話的問法，加上他問的順序，曉潔知道這一切一定是阿畢一開始就計劃好的，先用話逼問北派的光道長，讓他首肯之後，才轉問自己的師父，接著在兩票的優勢下，去問西派的掌門，情況就會順利演變成現在這樣，以三票的優勢來對抗東派。

「最後，」阿畢不改笑臉，轉向東派的掌門說：「東派的掌門，你們呢？」

阿畢還沒有問之前，當聽到西派也轉向支持的時候，東派掌門的臉色就已經非常臭了，現在被阿畢問到，一對雙眼更是惡狠狠地瞪著阿畢。

當然，曉潔並不知道，自從呂偉道長在數十年前，重新召開相隔將近百年不曾召開過的道士大會以來，從來沒有一個議案在三票之下還沒有通過的。

一旦三方同意，最後一方也必須要接受，這是道士大會除了不得分享口訣之外，另外一個禁忌。

只見東派的掌門沉著臉說：「我堅持一定要有鍾馗派的道士，才能使用祖師爺的四寶。」

「放心，」阿畢笑著說：「我一定會留下來幫他的。這樣……你們沒有話說了吧？還是你們東派也想要派一個人來鎮煞？會有生命危險的喔。」

阿畢說著，雙眼看著的對象，正是那位剛剛質問過阿吉的東派大師兄。

東派大師兄低下頭，避開了阿畢的眼光，等於間接回答了這個問題。

東派掌門看到這情況，整張臉更臭了，惡狠狠地瞪著自己的徒弟。

「謝了，」阿吉輕聲地對阿畢說：「兄弟。」

「謝啥啊，」阿畢一臉無所謂地說：「這只是第一步，不是嗎？真正恐怖的還沒開始呢。」

「好啦，好啦，」西派掌門老姜站起身來打圓場說：「這件事情就這麼決定了，那麼趁這次大會的機會，我們來討論其他的議題，我們西派這次也有兩件事情需要拿出來跟各位討論一下。第一件事情是關於台中林牛山廟殿本體修繕的事情，還有就是預定在下個月舉辦的聯合鎮魂法會的事宜。」

聽到老姜這麼說，阿畢立刻順勢下了台，並且頭也不回地朝著曉潔這邊走過來。

阿畢的臉上露出一種糟糕了的表情。

這讓曉潔不是很了解，畢竟就剛剛的表現來說，阿畢算是真的幫到了阿吉，也讓曉潔心中的一顆大石頭，終於落了下來，至少自己的同學不至於連最後的一點希望都沒有，可是此刻阿畢卻露出這個讓曉潔完全不解的表情。

只見阿畢才剛回到曉潔身旁，一個年輕的男子立刻追了過來。

「三師兄，」男子對阿畢說：「師父說等等大會完了之後，要你過去一趟。」

「你跟師父說我有事情，」阿畢臉上的五官全部擠在一塊地說：「先離開了。」

「別這樣啦，師兄，」男子哭喪著臉說：「我會被罵啦。」

「嘖，」阿畢一臉嫌棄地說：「當師弟的就是要代替師兄被罵，這是鐵的定律。」

聽到阿畢這麼說，那男子真的快要哭出來了，就連一旁的曉潔都有點同情了起來。

「好啦，」阿畢用手摸著下巴想了一會說：「嗯，你就跟師父說，我要幫阿吉，所以有事情需要先去處理一下，你們就先送師父回去吧，跟師父說就先把要罵我的話記在牆上吧。」

「你這不是……」男子仍舊苦著臉說：「要我去唬爛師父嗎？」

「誰說唬爛了，」阿畢突然看著曉潔說：「這位名叫曉潔的女孩有事情拜託我。」

「啊？」突然被阿畢指名，讓曉潔驚訝地張大了嘴。

完全不知道該怎麼回答的曉潔，不自覺地看向阿吉，發現站在遠處的阿吉，正看著自己這邊，而且好像知道什麼似的，對她點了點頭。

這時男子也轉過來看著曉潔，似乎在等待曉潔的回答。

「是……我有事情想要拜託他。」曉潔勉為其難地回答。

「知道了吧，」阿畢用頭示意要曉潔跟他一起出去，然後對著男子說：「就這樣跟師父說吧，我們有事情要先走了。」

沒有等男子回答，阿畢趕緊帶著曉潔一起走出會議廳，留下徐馨一個人在原地，痴情地望著阿吉，並且還誤以為阿吉剛剛是在向她點頭，因而害羞地小幅度揮著手作為回應。

「快走，」才剛出會議室，阿畢立刻輕聲跟曉潔說：「等等要是師父追上來，我就糗大了。」

3

為了避難，阿畢帶著曉潔來到了呂偉道長生命紀念館。

曉潔雖然不太了解，為什麼阿吉要給自己使眼色，但她還是跟著阿畢，畢竟這個阿畢在剛剛的道士大會上面，已經表明了自己會協助阿吉的立場，因此這個看起來不太可靠的男人，現在也的確關係到自己同學的生死。

「我可以看得出來，」在確定了自己的師弟沒有追過來之後，阿畢背對著曉潔突然說道：「妳對我很有興趣。」

「並沒有！」曉潔毫不猶豫地潑了阿畢一大桶冷水。

「別那麼敏感嘛，」阿畢轉過身來嘻皮笑臉地說：「我說的不是那種男女的興趣，我可以看得出來，妳對我們鍾馗派很有興趣，而我……又剛好是唯一一個妳可以好好詢問的對象，所以才會說妳對我有興趣。」

聽到阿畢這麼說，曉潔也沒有再強烈否認。

「我們還有一點時間，」阿畢看著手機上的時間說：「所以我可以讓妳好好問個清楚。」

的確，自從美嘉確定是中煞之後，雖然曉潔與阿吉兩人仍然會在學校見面，但是礙於身分的關係，曉潔一直沒辦法好好問問阿吉關於美嘉的現況。

「你都會好好回答？」曉潔一臉狐疑。

阿畢攤了攤手，代替了回答。

「好，」曉潔抿著嘴唇說：「你跟阿吉很熟嗎？」

「當然，」阿畢回答得相當乾脆：「當年我為了請呂偉道長指導，一個人隻身來到台北，所以我跟阿吉可以說是有革命情感。」

「什麼革命情感？」

「想當年……」阿畢一臉回味著過去美好時光的表情說道：「我們兩人一起跑遍了北台灣的夜店，那種革命情感，怎麼可以忘呢？」

「嗯……」曉潔沉下了臉，白了阿畢一眼啐道：「革你個頭命啦！一起跑夜店算什麼革命？」

阿畢聳了聳肩。

想不到兩人之間的情感竟然是建立在風花雪月上，真是讓曉潔無言到了極點。

「就這樣？」阿畢挑眉說：「妳的問題就只有我跟阿吉的關係？」

「當然不是，」曉潔搖搖頭說：「我想知道為什麼東派那麼反對阿吉動用那些東西，還有我也想知道，為什麼同樣都是北派的人，光道長卻沒有站在阿吉這邊，還有——」

「等等。」阿畢舉起了手阻止曉潔問下去，等到曉潔停下來，阿畢才皺著眉頭說：「這些因為都牽扯到很多事情，我看得要從頭跟妳解釋才行。不過我還是需要知道，妳到底知道多少……」

阿畢仰起了頭，望向那幾張掛在牆壁上面的照片，過了一會之後才說：「妳知道呂偉道長是怎麼死的嗎？」

曉潔搖了搖頭。

「嗯，」阿畢點著頭說：「這樣大概就知道該從哪裡說起了。」

阿畢轉過身來，想了一會之後，點了點頭。

「妳知道呂偉道長的外號嗎？」阿畢問曉潔。

「一零八道長嗎？」

「嗯，」阿畢點了點頭說：「但是妳知道這個外號實際上是最近五年才誕生的嗎？」

曉潔搖了搖頭，在她從何嬤那邊聽到這個外號之後，一心以為這個外號已經存在很多年，幾乎是跟呂偉道長畫上了等號，根本沒想過這個外號實際上是從五年前才出現的。

「在那之前，」阿畢笑著說：「我們私底下都稱呂偉道長為缺一道長，也就是一零七道長，缺一才成完美。但是這在五年前的一場道士大會過後不久，才徹底有了改變。呂偉道長他收服了最後一個靈體，成為了繼祖師爺之後，唯一一個可以收服全部一百零八種靈體的偉大道長。妳知道我們這一派相傳下來的都是口訣吧？」

曉潔點了點頭。

「就是因為口訣的混亂與錯誤，所以才會導致我們分成四派，而就像我剛剛在大會上跟妳說的一樣，為了不讓人多嘴雜，口訣更加混亂與錯誤，我們不能談論到口訣，彼此之間如果有困難要互相支援，也是以人馬相挺，不會分享半點口訣，為的就是要保存各家可能還有正確的口訣。因此，在這樣的情況之下，要收服一百零八種靈體，根本已經是不可能的任務了，而這也正是呂偉道長偉大的地方。在沒有完整的口訣之下，呂偉道長完全是靠自己的經驗與推測，硬著頭皮收服這些靈體的。」

曉潔理解地點了點頭。

「在這一百零八種靈體之中，」阿畢繼續說道：「我們從剩餘的口訣之中唯一可以確定的就是，祖師爺所留下來的四種法寶，剛好就是用來對付最後四個最高階的靈體，也就是凶、煞、滅、逆。問題就在於，我們四派各家的口訣，除了對付煞的時候要用寶劍是唯一一個四派都一樣的情況，其他三寶到底該對付哪個靈體，各派的看法都不一樣。而當然現在，透過了呂偉道長的成功，我們終於知道凶要用傘、滅要用索、逆要用旗。但是至於該怎麼對付，即使是現在，我們也還有很多疑問。」

「既然呂偉道長已經確實收服了一百零八種靈體，為什麼不把這些口訣統一整理記下來呢？」曉潔不解地問。

「因為即便是呂偉道長，我想也是在跟這些惡靈周旋的過程之中，才勉強找到一些辦法的，要化成口訣，談何容易？」

曉潔點了點頭。

「五年前，為了對付一個特別的靈體，呂偉道長召開了一次道士大會，這就是東派之所以會那麼恨呂偉道長的原因了。那年還是缺一道長的呂偉道長，召開大會就是要對付那最後一個靈體，需要動用到東派所保管的鍾馗祖師令旗。」

「所以呂偉道長五年前要對付的是『逆』？」

「對，」阿畢有點訝異地點著頭說：「妳記憶力還不錯，沒錯，就是要對付『逆』。事實上，令旗在我們這一派來說，並不算什麼稀奇的法器，在對付比較難纏的鬼魂時，我們有時候需要借助天兵天將的力量。而令旗就好像一面軍旗，可以招來的天兵天將，不管是質還是量，都有所不同。因此祖師爺的令旗，威力之強大，我想妳應該可想而知。只不過代價也很大，相傳動用一次祖師令旗，一令夭五年壽命。而逼得呂偉道長一定得要動用祖師令旗的靈體就是……天逆魔。」

「天……逆……魔。」曉潔在口中喃喃唸道，一邊回想著阿吉曾經說過的分類法。

「嗯，」阿畢皺起了眉頭說：「天逆魔在一百零八種靈體之中，是最強大的一種靈體，相傳自盤古開天以來，一共只有一十二尊天逆魔。天逆魔的地位，就好像至高的神一樣。從某個角度來說，這十二尊天逆魔也是神，只是是邪神流竄於人世間。逆天而行，因此得名。在我們的歷史上，一共只有三個人，曾經順利打倒過天逆魔，那就是鍾馗祖師，以及第六代的鍾馗派傳人，還有一個當然就是呂偉道長。而雖然第六代的傳人曾經打倒過天逆魔，但是嚴格說起來，是與天逆魔同歸於盡，也就是從第六代開始，口訣出現了很嚴重的斷層，因為繼承人的英年早逝，導致口訣流失了一大部分。而在這流失的口訣之中，尤其以收服天逆魔的口訣遺失得最多，隨著年代越來越久遠，字數也越來越少，最後天逆魔的口訣，只剩下一個字。」

「一個字？」曉潔一臉訝異。

「避。」阿畢淡淡地說：「講白話一點，就是逃。」

曉潔垮下了臉，這很有可能是所有口訣之中，最淺顯易懂的。

「已經口訣盡失的我們，」阿畢笑著說：「在這威力強大的靈體前面，根本就是以卵擊石，當時呂偉道長也是抱著必死的決心，去對付那個天逆魔。最後雖然順利收服了天逆魔，但是祖師令旗一共有六面，卻在與天逆魔鬥法之中，折損了一面。為此，東派非常不諒解，也因此與呂偉道長結下了不解的梁子。」

原來這就是東派與呂偉道長不和的原因，曉潔點了點頭。

「而在十二尊天逆魔之中，相傳有一對雙生魔，而呂偉道長所收服的，正是這一對雙生魔之一。只是在呂偉道長收服了它之後，過了兩年，另一個找上門來，呂偉道長就是死在另一個雙生天逆魔的手中。」

想不到一代道長就這樣死在惡魔的手下，讓曉潔聽了也不免為呂偉道長感到哀悼之情。

「呂偉道長的死，」阿畢皺著眉頭說：「對我們鍾馗派打擊有多大，我想妳應該可以想像。不過打擊最大的人，應該還是阿吉與呂偉道長的師兄光道長吧。對阿吉來說，呂偉道長就好像父親一樣，但是對光道長來說，打擊就不是因為對呂偉道長這個師弟的感情了。光道長身為呂偉道長的師兄，一直都對大家只重視呂偉道長而不把他放在眼裡的這件事情耿耿於懷。該怎麼說呢？除了阿吉之外，其他各派的道長，多少對光道長的事情，都有點司馬昭之心，路人皆知。光道長一直都希望可以像自己的師弟呂偉道長一樣，成為我們鍾馗派的共主。而呂偉道長在順利收服了天逆魔之後，也為了避開與自己師兄的紛爭，決定要退休，並且打算在道士大會上面，宣布推薦光道長接任自己成為北派掌門的決定。只是人算不如天算，想不到在召開大會之前，呂偉道長就被天逆魔所害，光道長的美夢也因此破碎。在呂偉道長死後，其他三派反而都把阿吉當成了呂偉道長的繼承人，希望阿吉可以接任呂偉道長的地位。誰曉得那傢伙一點也不想當道士，反而跑去高中當老師，不過這也讓原本已經絕望的光道長又有了一線生機。雖然在表面上，光道長還是保持著長者的風度，但是我們大家都知道，光道長其實暗地裡一直想要陷害阿吉。

「我不懂，」曉潔搖搖頭說：「既然他現在已經成為了北派的掌門了，為什麼還要敵視阿吉，甚至陷害他呢？」

阿畢似笑非笑地攤開手說：「就是為了得到這間廟啊。這間廟最後還是讓阿吉繼承了，即便阿吉不當道士，他還是坐擁么洞八廟，對我們這些鍾馗派的道士們來說，這裡就是我們的大本山。擁有么洞八廟的人，就是我們鍾馗派的共主。不過阿吉繼承了么洞八廟，卻不肯當道士，這點很多人到現在都還無法認同，所以剛剛大會上反對他的人，其實不在少數，只是有權力說話的人很少而已。不管是擁有么洞八廟就等於鍾馗派的共主，還是光道長的野心，這兩點全鍾馗派裡面，大概只有阿吉一個人不這麼認為。」

「為什麼？」曉潔一臉疑惑，不管怎麼看，阿吉應該都不是那麼遲鈍的人才對。

「因為呂偉道長吧，」阿畢聳了聳肩說：「阿吉跟呂偉道長的感情很好，對阿吉來說，呂偉道長就像自己的父親一樣，而光道長就好像是自己的伯父，因此……才會這樣吧。加上光道長的為人，總是很會說些場面話，所以阿吉一直都沒聽我的話，多提防光道長一點。」

聽到阿畢這麼說，曉潔臉上露出了深刻的表情，為阿吉擔心的情緒全寫在臉上。

「別擔心啦，」阿畢笑著說：「他不會對阿吉怎樣。至少……不敢在檯面上對阿吉做什麼。」

4

道士大會終於結束了。

等到送走所有與會的道士，已經接近午夜時分了。

徐馨在上次的事件之後，被安排寄養在親戚家裡，為了避免她的家人擔心，阿吉也在入夜之前就讓徐馨先回家去了，而曉潔則是和阿畢一起留到了最後。對阿吉與曉潔來說，這次算是個不錯的結果，畢竟兩人的目的也達成了。

而對曉潔個人來說，她也更加了解關於鍾馗派的事情以及阿吉實際上的處境。

順利躲過師父搜索的阿畢，與阿吉和曉潔一起去探視過安置在三樓的美嘉之後，來到了廟宇一樓的正殿。

曉潔雖然來過廟裡好幾次了，但是像這樣真正進入正殿裡面，這還是頭一遭。

曾經聽何嬤說，這裡一般只開放外郭讓人參拜，除非是特別的祭典，不然大殿裡頭是不會開放讓人進來的。

至少現在曉潔知道其中一個原因了，因為就在這個正殿，除了鍾馗神像之外，還有一樣非常重要的東西，那就是鍾馗寶劍。

大殿裡面非常樸實，除了主桌上面供俸的鍾馗神像之外，還有一些其他的神尊，除此之外，沒有任何其他裝飾，甚至連正殿裡面的梁柱都沒有任何雕刻與浮印。

阿吉帶著兩人，繞到了祭壇後面，這裡留了一條僅供一個人可以通過的通道，這條通道除了平常提供維護人員整理祭壇之外，更重要的是，它可以直接通往鍾馗神像的正後方。

鍾馗神像的下面，也是祭壇的下方，有一個上了鎖的大型保險櫃，阿吉拿著鑰匙，將保險櫃上面的鎖打開。

保險櫃裡面裝的正是么洞八廟的鎮廟之寶——鍾馗寶劍。

得到了許可之後，雖然時候還沒到，但是在正式登場之前，可以先進行開光儀式，等到正式需要用到的時候，威力也會比較強大。

阿吉捧著寶劍，從那條狹窄的後方通道走了出來。

……這就是鍾馗寶劍。

曉潔屏住氣息，等著看看這把傳說中鍾馗曾經用過的寶劍。

原本還以為會是把讓人雙眼為之一亮的閃亮寶劍，誰知道當阿吉將包裹住的紅布緩緩拿下來的時候，曉潔一看之下，不免有點失望。

樸素的劍鞘甚至連點裝飾的圖樣都沒有，光是從外貌看起來，實在很難想像這會是什麼價值連城的寶貝。

不過想想應該也合理，畢竟相傳鍾馗生前是個落第書生，非富非貴的情況之下，他所用的劍肯定不會是什麼鑲金戴銀華麗花俏的寶劍。

因此如果這把劍真的是鍾馗使用過並且留給後人的，似乎本來就應該這麼樸素。

阿吉拿著劍鞘，將鍾馗寶劍緩緩抽了出來，露出了寶劍的劍身。

曉潔一看，比起劍鞘還要更加失望。

只見那劍身非但不光亮，仔細一看，甚至連劍鋒看上去都很鈍。

彷彿看出曉潔失望的神情，阿吉淡淡地解釋道：「伏妖之劍，本來就不是砍人用的，比起銳利更需要的是那股靈氣。」

既然阿吉都這樣說了，靈氣那種東西可不是外貌可以看得出來的，因此曉潔也沒什麼話可說。

在確定了寶劍無恙之後，阿吉收起了寶劍，然後小心地將它放到了祭壇之上。

接下來一直到要動用寶劍之前，這把鍾馗寶劍都會躺在這裡，靜靜地吸收開光之氣。

「葉曉潔，」放完寶劍之後，阿吉轉過來對曉潔說：「我知道妳很擔心妳同學，可是這一次妳不能參加。畢竟這一次，就算是我跟阿畢，都不見得可以全身而退。」

想不到阿吉會突然這樣說，讓曉潔臉上立刻浮現難以接受的表情。

「可是……」

「放心吧，」阿畢笑著說：「我會罩他的。」

聽阿畢這麼說，阿吉白了阿畢一眼。

曉潔雖然不願意，但是也只能接受了，畢竟情況就如同阿吉所說的，如果自己也在現場，說不定兩人又會多一個需要照顧的人，反而更加困難，如果兩人真的因為這樣而有任何損傷的話，曉潔也無法原諒自己。

深夜的么洞八廟，有種異常的寧靜，彷彿也在為這場即將到來的風暴，做最後的準備。

第6章・跳鍾馗

1

雖然已經得到了動用鍾馗寶劍的許可，但是真正的難關現在才開始。

畢竟那只是把該準備好的東西準備好，就好像要上場比賽的選手，將自己的裝備準備好，不代表比賽就贏了。

更何況這場比賽是在人數相差懸殊的情況之下開打，可不是靠裝備就可以輕鬆取勝的，阿吉這邊勉強可以算是有利的地方，就只有主場優勢而已。

因為面對的很可能是方圓百里之內的所有靈體，因此阿吉希望可以在決戰時刻到來的時候，盡可能地利用主場優勢，讓鬼魂盡量集中在廟宇前面的廣場以及左側的通道。

只要能夠讓鬼魂集中在這條通道以及廣場上，阿吉與阿畢兩人就可以在這兩個地方佈陣，至少可以在某種程度上擁有些許的優勢。

因此，在道士大會過後，兩人便跟廟裡的工作人員合作，在廟宇的各處佈下各種結界，只留下廣場與左側通道。

這段時間，陳伯都一直待在幺洞八廟裡面，密切留意著美嘉的狀況。

美嘉的情況一天比一天糟糕，為了防止她在這段時間傷害自己，幾乎所有廟方的人員都成了臨時醫護人員，日以繼夜輪班照料著美嘉。

「如果沒有意外，」周四的時候，陳伯這麼跟阿畢與阿吉說：「應該就是明天了。」

阿吉與阿畢兩人互看一眼之後，沒有多說什麼。

畢竟這一個禮拜眾人忙進忙出就只為了這個，而這一刻終於要來了。

這不是阿吉第一次面對煞的情況，事實上，他在還沒有成為呂偉道長的徒弟之前，就已經面對過煞了。

雖然就經驗來說，阿吉並不是第一次面對煞，只不過這是他第一次，在身邊沒有呂偉道長的情況下，處理連呂偉道長都會感到棘手的三煞合一。

阿吉打了通電話，跟學校請了一天假，並與阿畢兩人早早就分別上床休息，準備迎接明天決戰時刻的到來。

幺洞八廟在廟宇的後方，有一間小型的倉庫，為了迎接這一天的到來，阿吉與阿畢早就已經清空倉庫，並且將所有可能會用到的道具，全部都搬到了倉庫。

在決戰那天的早上，兩人便將美嘉從三樓移到了倉庫裡面，依照兩人的計劃，等到煞爆發的時候，所有鬼魂會聚集在廟前的廣場，然後經由左邊的通道，設法朝通道深處的倉庫這邊而來。

到了下午，為了盡可能減少傷亡，阿吉讓廟裡的人員先行離開避難，只留下陳伯與阿畢兩人在廟裡面幫助阿吉。

當然今天也停止了廟宇的開放，整座廟裡面，只剩下三個人靜靜地等待著決戰的到來。

雖然陳伯非常肯定美嘉身上的煞氣會在今日之內爆發開來，但是確切的時間，陳伯也不可能算得出來，因此三人也只能等待。

就這樣一直等到了黃昏，美嘉身上的煞還是沒有動靜。

不過三人當然不敢大意，繼續屏住氣息等待。

就在黃昏過後，天空開始逐漸昏暗，而四周也開始逐漸亮起了照亮夜空的燈光之際，廟宇前面的廣場突然有了動靜。

一台黃色的計程車，闖入了已經在外面公告今日休息的廟宇之中。

阿吉與阿畢兩人一起跑到了前面的廣場，想看看到底是怎麼回事。

計程車在廣場前面停了下來，過了一會之後，車門打了開來，一個熟悉的身影從車上走了下來。

「葉曉潔？」阿吉叫著那個身影。

只見曉潔一臉驚慌，看到阿吉立刻叫道：「老師！」

驚慌失措的曉潔，根本已經忘記阿吉交代過在校外不能叫他老師的規定。

這時兩人終於來到了計程車旁，只見除了曉潔之外，還有另外一個身影躺在計程車的後座。

「妳來幹什麼？」阿吉皺著眉頭問：「我不是說過——」

「不好了！」曉潔打斷阿吉的話說：「芯怡她又出事了！」

阿吉探過頭，看著計程車後座那個躺在椅子上的女生，果然是上個禮拜才出事的芯怡。

阿吉向阿畢示意兩人一起先將芯怡搬下車，然後阿吉付錢給計程車司機，讓他離開之後，才將芯怡放在地上。

芯怡雙眼緊閉失去了意識，臉上還依稀可以看得到被桃木劍打傷的瘀青，而右手上則多了包紮的紗布，看起來似乎是剛包紮上去的。

「這個也是你的學生？」阿畢一臉疑惑地問。

「發生什麼事了？」阿吉沒有回答阿畢，反而轉向曉潔。

「大概是下午第三堂課的時候，」曉潔哭喪著臉說：「原本上課上得好好的，芯怡突然站起來尖叫，然後就跑出教室了。我跟老師一起追出去，結果芯怡跑進了廁所，我跟老師也一起追進去，發現她不斷地尖叫，就跟……那天你讓她喝了那杯飲料一樣。」

阿吉聽了之後眉頭深鎖，在芯怡旁邊蹲了下來。

「因為芯怡有點失去理智，」曉潔繼續說：「甚至還打破窗戶，想要跳出去，老師想要去抱住她，也被她打傷了，芯怡的手也因為這樣割傷了，最後就算是我跟老師聯手，也沒辦法壓住她，她掙脫開來之後，本來還想要逃出廁所，結果跑到廁所門口的時候，她突然停下來，然後大叫一聲之後，就暈過去了。」

就在曉潔這麼說的同時，阿吉突然拉起了芯怡的手，並且彷彿在找尋什麼似的，翻動著手臂，右手沒有就換左手，不停地找尋著。

「我跟老師把她送到保健室，」曉潔繼續說：「她就一直昏迷不醒，保健老師本來打算將她送醫，我趁機把她帶出學校，然後坐計程車趕來這裡。」

這時阿吉已經看完芯怡的左、右手，又向上轉動著芯怡的頭，仍然像是在找尋著什麼。

「這到底是怎麼回事？」曉潔哭喪著臉問：「你不是已經幫她驅過那些鬼魂了嗎？你到底在找什麼啊？」

一直沒有回應曉潔的阿吉，搜完了脖子之後，又找向芯怡的腳，才剛將芯怡的襪子向下捲，立刻就找到了想要找的東西。

「那是什麼？」曉潔探過去看，只見芯怡白皙的腳上面，竟然有一圈宛如齒痕般的瘀青痕跡。

原本一直都在狀況外的阿畢，這時看到了芯怡腳上的痕跡，也立刻皺起眉頭來。

「饑還是狂？」阿畢問阿吉。

「饑。」阿吉淡淡地答道。

「所以我們上次失敗囉？」曉潔著急地問：「我們不是已經擊退那些餓鬼了嗎？為什麼芯怡還會這樣？而且上次她也沒有像這次這麼——」

「饑類之所以被分為中階，」阿吉沉著臉說：「就是因為它可以像慢性病一樣，只要有機會，就會再次重新聚集一群饑靈。我想，她應該又在節食了。」

阿畢看著芯怡，然後又看了看倉庫的方向，沉吟了一會之後，轉過來指著芯怡問道：「所以這個女孩也是你的學生？」

阿吉沒有回答，畢竟這裡是校外，阿吉不可能承認這樣的事情，不過阿吉的沉默，也算是默認了。

「所以……」阿畢抿著嘴指了指倉庫說：「你有一個學生中煞，然後另外一個學生是惹饑……是你下的咒吧？這機率也太小了！啊！我知道了！你一定是希望來個英雄救美，所以才下咒害這些女學生！哎呀呀，阿吉啊，我真是看錯你了啊。」

阿吉惡狠狠地瞪了阿畢一眼說：「你去死。」

雖然阿畢很明顯是在開玩笑，但聽在曉潔的耳裡，卻有一種詭異的感覺。

因為這幾天以來，曉潔總是會三不五時想到，關於這些發生在自己班上的怪事，總有一種太過於密集的巧合存在，而阿畢的這句玩笑話，又剛好呼應了這幾天曉潔心中所想的事情，因此有一種難以形容的感覺。

「同樣都是群體的鬼魂，」阿畢聳了聳肩說：「反正最後你都得跳鍾馗，就一起吧。」

阿吉沒有多說什麼，只是淡淡地點了點頭。

站在一旁的曉潔，看著阿吉的背影，心中卻有很多疑問浮現在腦海之中。

2

阿吉與阿畢合力將芯怡抬到了倉庫，才剛進倉庫就聽到陳伯說：「時辰已經到了。」

「可能需要多綁一個人了。」阿吉無奈地說。

曉潔這時才發現，他們已經將原本在三樓的美嘉移到了這裡。

曉潔走到了床邊，看了美嘉一眼，立刻倒抽了一口氣。

這時的美嘉被人用布條綁在床上，身體不停地掙扎，嘴巴大開吐出一口又一口的穢氣，不過最讓曉潔感覺到恐怖的，是那扭曲的臉龐上面，那一對張大的雙眼，卻只有眼白的部分，完全看不到瞳仁。

當然曉潔不知道這景象其實正是煞氣爆發的跡象，可是其他三人再清楚不過了，再過短短幾分鐘的時間，這裡即將鬼滿為患，那些鬼魂會不斷朝這裡而來，一直到美嘉死亡或者是煞主被阿吉等人找出來鎮壓住為止。

「來不及了！」陳伯對阿吉說：「阿吉、阿畢，你們兩個得有一個人先出去應付一下了。」

阿吉與阿畢兩人互看一眼，阿畢說：「這個你比我強，你去吧。」

阿吉點了點頭，轉身走向倉庫的角落。

「去哪裡？」曉潔問。

「去面對那些即將襲來的鬼魂大軍。」阿畢淡淡地說。

阿吉從倉庫的角落抱起了一個看起來就好像樂器箱的箱子，然後頭也不回地走出去了。

「先把那女孩綁起來再說。」阿畢說道。

阿畢讓芯怡靠在床腳的部分，然後讓芯怡的手向後繞過了床腳，將一條白色的繩子交給曉潔，要她將芯怡的手給綁起來。

曉潔接過繩索，照著阿畢所說的將芯怡的手綁起來，抓起芯怡的右手，曉潔立刻感受到芯怡手上繃帶的觸感，那是在廁所掙扎，跟老師扭成一團時，打破窗戶所形成的傷口。

擔心綁太緊會讓芯怡的傷口裂開，曉潔小心翼翼盡可能地避開傷口，將芯怡的兩隻手綁好之後，曉潔還特別確認了一下，確定不會太緊，才安心地站起身來。

站起來的曉潔這時才注意到，床底下貼滿了黃色的符咒，看起來像是一個不知道什麼的圖形。

而在床頭的後方擺著一個祭壇，上面擺了七盞油燈。

「七星燈，」陳伯順著曉潔的眼光看過去解釋道：「可以稍微擋掉一些比較弱小的鬼魂，床下的北斗陣可以鎮住地板，不讓鬼魂透過地板闖進來。」

在確定芯怡綁好了之後，阿畢站起身來說：「好了，接下來這邊就交給你們了，我去外面幫阿吉。」

阿畢說完，沒有什麼多餘的動作，很乾脆迅速地就走出了倉庫。

倉庫側面有一扇窗戶，剛好就是正對著廟宇左邊的通道，曉潔走到了窗戶旁邊看出去，可以清楚地看到在廟宇左邊的通道，阿吉就站在那裡。

「就快要開始了。」阿畢的聲音傳入曉潔的耳中，讓曉潔嚇了一跳。

曉潔探頭伸出窗外，朝旁邊一看，果然就看到了阿畢站在那裡。

原來阿畢所謂的『幫阿吉』，竟然就只是守在倉庫外面。

「你不過去嗎？」曉潔白了阿畢一眼。

「現在過去沒有用，」阿畢淡淡地說：「阿吉是第一道防線，我是第二道，一旦阿吉有需要，我會立刻趕上去支援的，不用那麼擔心。」

曉潔張開嘴，正打算說些什麼，突然身後傳來了一陣犀利的尖叫聲，那叫聲正是躺在床上的美嘉所發出來的。

窗戶邊的阿畢淡淡地說：「來了。」

曉潔睜大雙眼，在有限的光線底下，並沒有發現任何異狀。

一切都沒有任何動靜，只有阿吉一個人站在通道上。

看向四周，也沒有看到任何的鬼影……

那是怎麼回事？

一個奇怪的景象浮現在曉潔的眼中，讓曉潔不禁側著頭瞇著眼睛，想要看清楚到底這景象是怎麼回事。

么洞八廟位於巷弄之中，四周都是高樓，因此有種藏身於山谷之中的錯覺。

而這時曉潔的目光看著的地方，正是對面的大樓，整棟大樓看起來就好像在蠕動一樣，不安分地扭動著。

曉潔用力地瞇著眼睛，努力地看了一會之後，臉上突然浮現出震驚的表情。

因為此刻的她終於看清楚了，那些蠕動的身影，是一個接著一個的鬼魂，正翻過大樓朝著這裡而來。

「好……好多！」

這比起上禮拜自己在廟前廣場所見到的鬼魂，還要多上好幾十、甚至百倍。

看到這些鬼魂已經遠遠超過自己所能想像的數量，曉潔的心根本已經慌成一團。

「煞主就在那群鬼魂之中，」阿畢輕描淡寫地說：「現在我們只要從那滿坑滿谷的鬼魂之中，找出煞主，就可以破除妳同學身上的煞。」

……不可能吧！

聽到阿畢這麼說，曉潔只感覺到更加慌亂與絕望。

曉潔這時突然想到：「對了！鍾馗寶劍！」

要對付煞就是要準備鍾馗寶劍，可是怎麼看阿吉身上都不像是有鍾馗寶劍的模樣，而那只阿吉帶出去的箱子裡面裝的，應該也不是鍾馗寶劍。

曉潔回過頭看了看屋內，也沒看到那把寶劍的蹤跡，該不會是忘了吧？

曉潔探出頭正準備詢問阿畢，這才發現此刻阿畢手上拿著的，正是那把鍾馗寶劍。

「寶劍在你這邊？」曉潔叫道：「那你還不上去幫忙？」

「我不是說了，還不到時機嗎？」

看阿畢說得輕鬆，曉潔可是急得快要跳腳了，不悅的模樣全寫在臉上。

「放心，」阿畢笑著說：「我們這邊也有絕招，妳就好好看著吧，我個人可是非常期待等等會發生的事情喔。」

絕招？

雖然不知道阿畢說的是什麼，但是曉潔也不自覺地將目光轉向阿吉那邊。

只見站在通道中的阿吉，彎身將剛剛從倉庫拿出去，看起來像樂器箱的箱子給打開來。

曉潔屏息以待，想看看所謂的「絕招」到底是什麼玩意。

阿吉將箱子裡面的東西拿出來，曉潔定睛一看，差點沒有暈過去。

還以為會是什麼帥氣的道具，誰知道阿吉拿出來的竟然是一個戲偶，而且還是非常古老，上面有可以操作的線繩，類似傀儡戲的那種。

「這就是我們鍾馗派的絕招，」阿畢笑著說：「跳鍾馗。」

對於跳鍾馗這個名稱，曉潔並不是第一次聽到，記得在阿吉對付徐馨遇到的地惑魔時，被地惑魔附身的徐奶奶就有說過，阿吉是在鍾馗陣裡跳鍾馗的法師，只是曉潔根本不知道這跟戲偶有什麼關係。

「跳鍾馗對我們鍾馗派來說，」阿畢向曉潔解釋道：「是最基本也是最重要的基本功，沒有任何一個鍾馗派的道士不會這一招。這對我們來說，就是最根本的技能。而所謂的跳鍾馗，就是操控鍾馗的戲偶，然後進行鎮煞、驅邪等工作。」

可是曉潔的記憶之中，當時遇到地惑魔的時候，並沒有戲偶。

「跳鍾馗一共分成三個部分，」當曉潔提出疑問的時候，阿畢這麼解釋：「步法、戲法與儀法，那個鬼魂應該是看出了阿吉所踏的腳步，正是跳鍾馗的步法，因此才會看出阿吉是道士的這件事情。」

就在兩人說話的時候，那些翻牆而來的鬼魂們，已經盤據了廣場，並且朝通道這邊衝了過來。

當然曉潔不可能知道，阿吉與阿畢兩人已經跟廟方人員合力，將所有其他通道都封住，只留下這條通道，目的就是為了讓阿吉可以集中所有鬼魂，這也算是鍾馗派鎮煞時最重要的第一個步驟。

只見阿吉熟練地搖著自己的手掌，懸絲吊著的鍾馗戲偶，立刻活靈活現地動了起來。

鍾馗的戲偶瞪大著雙眼，手上執著一把寶劍，煞有其事地舞動著寶劍，擺出了一個威武的架式。

兩人跟阿吉之間隔了一段距離，因此曉潔這邊只看得到阿吉的嘴巴唸唸有詞，卻完全聽不到阿吉在唸什麼。

「首先，」一旁的阿畢為曉潔解釋：「阿吉必須先進行溝通，這是因為要化解煞氣之前，必須先淨地。每個區域都可能有各式各樣的鬼魂，所以阿吉必須先有點像是拜地頭蛇一樣，解釋自己的來意。」

所有迎面而來的鬼魂，來到了阿吉跟前，全部都停了下來。

那畫面讓曉潔聯想起以前在廟會的時候，常常會有戲班在廟旁邊搭起戲棚唱戲酬神的場景。

那些鬼魂就好像看戲的民眾一樣，而阿吉當然就是在舞台上唱戲的戲子。

「先懷柔溝通，」阿畢說：「再疏導化解，如果都不行，到萬不得已的情況之下，才會動粗，這便是跳鍾馗的步驟。對我們鍾馗派的人來說，跳鍾馗就是一切，其他的都是延伸。我們所有拜入師門的人，第一個學的就是跳鍾馗，而且一直學到死為止，因為跳鍾馗除了可以鎮煞、破邪、驅靈，最重要的是這也是我們保命最基本的方法。腳踩七星步，一方面是保護自己，一方面也是形成一種淨地。而當我們使用戲偶跳鍾馗的時候，對那些鬼魂來說，就好像鍾馗祖師親臨現場，這也是那些鬼魂不得不停下來的原因，在他們眼裡，那尊戲偶就是鍾馗祖師，因此才能鎮得住這些鬼魂，讓它們不敢放肆。不過，這些終究是一場戲，如果有人在這個時候闖入，戲就會穿幫，跳鍾馗的人也會立刻陷入危機之中。因此在跳鍾馗之前，都需要清場，不能讓人在旁邊打擾。」

通道上的阿吉真的是一夫當關、萬夫莫敵，成千上萬的鬼魂塞滿了通道，但是所有鬼魂都專注在阿吉手上的那尊戲偶，就連遠處的兩個活人也不例外。

「你剛剛說跳鍾馗，」曉潔皺著眉頭問：「不是鍾馗派人人都會跳嗎？那為什麼不是你去跳呢？兩個人一起跳不會比較好嗎？」

「當然不會，」阿畢搖搖頭說：「同時出現兩個鍾馗祖師，這戲還唱得下去嗎？雖然我的確也會，不過關於阿吉，有件事情我也很想親眼見識一下。」

阿畢這麼說的同時，瞇著眼睛看著阿吉那邊，然後過了一會之後失望地搖搖頭。

「嘖，」阿畢一臉失望地說：「竟然不是用本命，看來那傢伙很有自信嘛。」

「本命？」

「嗯，」阿畢點點頭說：「關於阿吉，有兩個傳說一直流傳在我們鍾馗派之間，今天好不容易有這個機會，我當然想要看看這兩個傳說是不是真的。」

「啊？傳說？」

「嗯，」阿畢臉上不自覺地露出笑容說：「第一個傳說是阿吉的操偶技巧，聽說不但已經在他師父呂偉道長之上，還學會了傳說中已經失傳的操偶技巧，今天如果有機會的話，我還真想看看他那傳說中的技巧。至於另外一個傳說是關於阿吉的本命鍾馗，相傳那尊戲偶是一位已故國寶級製偶師的遺作，造型非常特殊，有看過的人給它起了一個外號，稱它為『刀疤鍾馗』，可惜一直到今天為止，我都沒有機會見到這尊戲偶，本來還以為他今天會把這個壓箱寶的寶貝給拿出來用，誰知道……唉。」

就在兩人講話的同時，通道上的阿吉，正如火如荼地開始跳起了鍾馗。

只見阿吉手上的鍾馗，竟然活靈活現，跟一個真人一樣開始跳著，鍾馗戲偶煞有其事地踏出了七星步，而操控玩偶的阿吉腳下也踩著七星步。

雖然說那兩個關於阿吉操偶的傳說，曉潔完全沒有聽過，但光是親眼見到平常玩世不恭的阿吉，竟然有這樣操偶的技巧，就已經足以讓她瞪大了雙眼。

「好了，」阿畢這時在曉潔的旁邊說：「阿吉這邊要開始了，剛剛妳看到的，可以算是一種開場，現在就要進入鎮煞的主題了。」

阿吉手上的鍾馗戲偶，這時不斷地變換姿勢，每變一個姿勢，感覺最前排的鬼魂就會跟著那個姿勢而消失。

「阿吉的每一次出手，」阿畢繼續解釋道：「都可以化解開一些鬼魂，接下來只要持續一陣子，就很有機會找到煞主。不過……一般來說，煞主都不會坐以待斃，多半會想辦法突破這樣的困境，而隨著煞主的行動，雖然對跳鍾馗的人來說，會比較危險，但是相對地也比較容易找出煞主，這正是現在阿吉準備要做的事情。」

就在阿畢這麼說的同時，最靠近阿吉的那一排鬼魂再次消失，後面的鬼魂立刻補了上來，不同的是，這群鬼魂看起來有點騷動的模樣。

「煞主出手了！」阿畢沉著臉說：「看樣子這煞主不是很好解決。」

只見阿吉的身邊，突然起了風。

雖然說兩人與阿吉之間有一段距離，但阿吉那邊真的可以用狂風來形容，而這邊卻完全感覺不到任何的風勢，這也當真可以算得上是異相了。

只見那些風吹亂了阿吉的衣服與頭髮，當然也吹得鍾馗戲偶在風中不停搖晃。

阿吉眉頭深鎖，睜大著雙眼，緊緊盯著那些懸著戲偶的線繩。

「煞主現在想要打亂阿吉的步伐，」阿畢咬著牙說：「讓阿吉沒辦法操控戲偶。畢竟對鬼魂來說，真正有威脅的，還是阿吉手上的那個鍾馗祖師。一旦祖師爺戲偶的腳步一亂，這場談判就算破局了。」

聽到阿畢這麼說，曉潔一臉擔憂地看著阿吉那邊，尤其是特別注意垂降在阿吉前方的戲偶。

雖然說一開始起風的時候，戲偶有點搖晃，但是阿吉立刻穩住了戲偶的步伐，此刻阿吉與戲偶又開始同步做著相同的動作，在狂風之中反而有種瀟灑威猛的感覺。

「放心，」阿畢看到了這情況也點了點頭說：「這點風對阿吉來說，還不算什麼，這就是為什麼要讓阿吉去操控的原因了，因為他的操偶技巧真的很有水準。」

雖然在這樣的大風之中，阿吉仍然穩住了戲偶，也照著自己的步調又削去了幾排的鬼魂，但是大風卻絲毫未減，看起來對方也不願意輕易放棄。

「如果把這個當作一盤棋，」看到這樣的戰況，阿畢皺著眉頭說：「雙方目前都只是在試探對方而已。對方既然吹大風，我想阿吉這邊也要開始動手了。」

就好像呼應著阿畢所說的話一樣，原本一直不斷變換姿勢的鍾馗戲偶，這時身子一甩，將手上的劍一舉，然後跟著阿吉一起向前一連走了七步。

一踏完這七步，不只有一排，幾乎是前面一整區的鬼魂都一起消失了。

從鬼魂進入通道到目前為止，阿吉的跳鍾馗可以說是滴水不漏，沒有半個鬼魂穿過他的區域衝到倉庫這邊，因此曉潔也不自覺地放下了心裡的防備，反而有點跟阿畢的心情一樣，想要看看阿吉的跳鍾馗到底能有多精采。

因此當曉潔看到這種情況，差點忍不住歡呼了起來，但是一旁的阿畢，卻是越看臉越沉。

「糟糕，」阿畢眉頭深鎖地說：「煞主來頭不小，似乎看出阿吉是在跳鍾馗。」

「怎麼說？」

「這陣風不是為了增加阿吉操偶的難度，」阿畢抿著嘴說：「他的目標是要弄斷操偶的線繩。」

果然在遠處阿吉手下的戲偶，突然又開始不穩，一條操偶的線繩就這樣斷了開來。

原來為了要在大風中還能維持穩定操控戲偶，阿吉將線繩縮短，用互相拉扯的作用力來讓戲偶維持平衡，繼續跳鍾馗，而在這樣的強力拉扯加上強風的力道之下，果然有線繩已經支撐不住應聲而斷。

「線繩斷一條了，」阿畢沉著臉說道：「這樣下去不妙！」

這句話讓曉潔臉上的笑意完全消失。

「那怎麼辦？」

理所當然的疑問卻難倒了阿畢。

畢竟這時阿畢也有點進退失據，身為鍾馗派的道士，當然非常清楚跳鍾馗實際上就是假借祖師鍾馗的身形，來讓這些鬼魂以為是鍾馗祖師親臨。

這是一種戲法，也是跳鍾馗這些年來比較不希望人家觀看的原因。

人說跳鍾馗有煞氣，因此避之唯恐不及，但是實際上除了煞氣之外，更多的問題是人多口雜，戲一旦穿幫就不會再有效力，到時候不只有跳鍾馗的人有危險，這些感覺自己被欺騙的鬼魂們，也會更加凶猛。

因此，如果現在上前幫助阿吉，勢必會有揭穿一切的風險。

原本在戲偶上面有十一條線繩，現在已經斷了一條。

「一般來說，」阿畢抿著嘴說：「要操縱戲偶，至少需要四條，就算阿吉功夫再好，三條應該也是極限了。也就是說，再多斷個幾條，這戲就跳不下去了。不行，我得先想辦法幫幫阿吉。」

就在阿畢這麼說的同時，阿吉手上的戲偶又再次這麼一震，顯然又斷了一條。

比起阿畢這邊的坐立難安，阿吉那邊倒是有了準備，鍾馗戲偶這一次只有稍微踉蹌一下，就立刻回復平衡。

剩下九條繩索的鍾馗戲偶，很明顯少了些許活靈活現的動作，但是腳步仍算穩健，踏出的步伐還算正確。

只是好景不常，就在阿畢還在考慮該怎麼做的時候，阿吉那邊的風勢不僅變得更加狂亂，風向也隨時都在變動，鍾馗戲偶也因此一連頓了幾次，每頓一次都代表著線又多斷了一條，轉眼間，操控戲偶的懸絲就只剩下五條了。

突然，鍾馗戲偶向前一倒，這回竟然一次斷了三條線，這讓原本還在盤算再斷一條就要有所動作的阿畢，整個人跳了起來。

「慘了！」阿畢叫道：「剩兩條了！」

剩下兩條繩索，就算是阿吉也不行了。

有了這層認知，阿畢立刻一個箭步向前一跳之後，衝向阿吉。

阿畢的反應雖快，但是阿吉這邊更快。

鍾馗戲偶雙手一垂，整個向前倒的時候，阿吉立刻有了反應，他操著戲偶僅存的兩條線繩，在空中畫了個大圈，大動作地挽救著這即將被破壞的好戲。

在阿吉的動作之下，只見那鍾馗戲偶的身子一晃，那雙手又揚了起來，非但如此，阿吉立刻雙手畫圓，讓那兩條線繩抖動起來，接著再向外一甩，讓兩條線繩套上了一條斷繩，向後一拉，又讓其中一條線繩與斷繩纏繞在一起，與此同時，那被阿吉甩動著的鍾馗戲偶，硬是做出了魁星踢斗的架式。

看得正準備趕上前來幫忙的阿畢，嘴巴跟眼睛都張得老大。

只見阿吉雙手來回大動作地比劃著，那只剩兩條線繩的鍾馗戲偶，在做完魁星踢斗的動作之後，竟然跟基本的四線操作的時候，沒什麼兩樣地跳著原本的戲碼。

「祖師鍾馗在此！退下！」阿吉大聲斥道。

阿畢知道，這不只是對周遭那些蠢蠢欲動的鬼魂下馬威，也是給他的暗號，要他不要上前來壞了整場戲。

眼看阿吉仍然控制著整個局面，阿畢也只能慢慢退回倉庫前，但臉上卻仍然是那抹難以置信的表情。

「想不到……」阿畢臉上浮現似笑非笑的表情說道：「那傳說竟然是真的……」

曉潔一臉不解地看著阿畢。

「那傢伙真的學會那些操偶的絕技，」阿畢亢奮地搖著頭說：「真是超乎我的想像。」

雖然阿畢恐怕是所有鍾馗派的道士之中，跟阿吉最熟的一個，但是卻從來都沒有真正見識過阿吉在「身為道士」方面的能力，今天竟然可以親眼目睹阿吉操偶，這已經讓阿畢非常期待了，更想不到的是，阿吉還真的跟傳說中的一樣，讓那些已經失傳的絕學復活。

呂偉道長曾經說過，阿吉的操偶技術已經遠遠在他之上，這讓很多北派的人士，都很想要親眼目睹阿吉操偶。

可惜的是，阿吉後來不當道士，因此這個想法，幾乎可以說沒辦法實現了。

阿畢回過頭看了曉潔一眼，只見曉潔的臉上仍然殘留著那抹不解的表情。

「呂偉道長曾經跟人提過，」阿畢笑著比了比阿吉說：「阿吉的操偶技巧已經在他之上，而且還說阿吉在無師自通的情況之下，竟然讓傳說中的三大技藝復活。無師自通這點我想是無庸置疑的，畢竟現在的時代可能已經沒有人會這三大技藝了，可是對於阿吉到底是不是真的如呂偉道長所說的，讓三大技藝復活，這點從來就沒有人可以證實，畢竟那小子不當道士，就幾乎可以說是沒機會看到他的操偶技巧了。可是今天終於讓我見識到了，我想這應該就是當年呂偉道長所說的，阿吉在無師自通的情況下，所復活的三大絕技之一吧。」

就在阿畢這麼說的此時，遠處的阿吉又再度穩定了局面，似乎真的完全不受只剩兩條線繩的影響。

「……雙線操偶，」阿畢看著阿吉說：「想要操作線偶，最基本也需要四條線才能完美地操控，雖然線越多條，戲偶所能表現出來的動作就越精細，但是相傳技巧越是純熟的師父，所需要的線就越少。光是三線操偶，就已經百年不曾聽聞過，就像我剛剛所說的，阿吉再怎麼厲害，至少也需要三線。但是阿吉，竟然用兩條線就可以操作戲偶，這正是已經失傳的絕技。」

雖然阿畢很清楚，呂偉道長不是一個會說大話的人，可是親眼見到這個頭染金髮，身穿金色道服，七分像演員、三分像醉漢，沒有半分像道士的男人，竟然能夠專精操偶到這個地步，還是讓他覺得不可思議。

「三大失傳技藝，」曉潔皺著眉頭問：「那另外兩個是？」

「另外兩個是雙手三偶以及以偶操偶，」阿畢側著頭苦笑地說：「就是兩手操縱三個戲偶，還有最後一個更是不可能的，用戲偶來操弄戲偶，不過就現在看來，我也不敢確定阿吉是不是真的三個都會了。」

就在這個時候，那股包圍著阿吉的狂風似乎逐漸停歇。

畢竟在阿吉纏上另外四條斷線來鞏固僅剩的兩條線繩之後，煞主幾乎不可能再弄斷剩下的兩條，因此也只能放棄。

「來了！」阿畢瞪大雙眼說：「這次換阿吉準備進攻了！」

果然就在阿畢這麼說的同時，阿吉與手下的戲偶同時向後蹬了蹬左腳，然後仍舊與鍾馗戲偶同步，一連向前踩了七步。

「一步正氣入我形，」阿畢解釋道：「腳踏七星鎮煞氣！只要能夠踏滿七七四十九步，就可以成功逼出煞主。」

遠處的阿吉轉了轉方向，又朝著另外一個方位一連踏出了七步。

就這樣每七步轉一個方位，眼尖的曉潔看著阿吉所走的方位，終於看出了端倪。

「北斗七星？」曉潔瞪大雙眼問道：「阿吉是用腳踩出北斗七星？」

「沒錯，」阿畢有點讚賞也有點驚訝地看著曉潔點點頭說：「每七步踩出一顆星，七七四十九步正好踏出北斗七星。而那個每踩出一顆星的七步，本身也是照著北斗七星而踩，這就是鎮煞七步。」

阿吉就這樣一連踩了七六四十二步，轉個身之後朝著北斗七星的最後一顆星邁進，一連踏了六步，卻在踏出第七步的時候，只見阿吉的腳停在空中，怎麼樣也著不了地。

「不好，」阿畢一看立刻知道什麼情況：「阿吉法力不夠壓不下去。」

阿吉雖然操偶的技巧一流，但是心不在此，因此缺少很多修練，到了這時候光有一身好功夫，卻沒辦法踏下那最後一步，只能跟煞主雙方在那邊僵持著。

不過阿畢這邊也算是有所準備，想不到才向前幾步，立刻發現情況不對勁。原本應該已經聚集在一起的鬼魂，這時從兩邊的大樓又開始有鬼魂跑了下來。

阿畢不敢擅動，先停在原地看了一下情況。

很快地，立刻發現那些跑下來的鬼魂不是別的，正是今晚本來預定會出現的第二個麻煩——人饑靈。

「嘖，」阿畢一臉厭惡地說：「早不來，晚不來，偏偏挑這個時候來，這些不長眼的饑靈。」

阿畢看到了，前面的阿吉當然也看到了，偏偏這時阿吉還在努力想要將這最後一腳給踏下去，根本沒有辦法分心去管這些人饑靈。

人饑靈很快地奔過了廟前廣場，穿過了那些被阿吉的跳鍾馗所鎮住的鬼魂們，筆直地朝著倉庫而來。

正如阿畢所說的，如果它們早點來，那時阿吉還沒出手，還在跳鍾馗的階段，就可以一起阻止它們的前進，或者再晚點來，讓阿畢有機會幫阿吉逼出煞主，都可以很輕鬆地對付他們，偏偏卻選在這個關鍵時刻到來。

不過阿畢終究還是鍾馗派的道士，向前一步朝著前方撒出了一掬米。

阿畢將鍾馗寶劍抽了出來，左腳向後一彎成了單腳金雞獨立的姿勢，並且將鍾馗寶劍舉到頭頂。

看到這詭異的模樣，曉潔立刻認出來了，這是阿吉也曾經擺過的姿勢。

他果然跟阿吉一樣，都是正統的傳人。

因為這不正是當時被附身的徐奶奶曾經說過阿吉的魁星起手嗎？

不需要其他過多的言語，這姿勢正是南派正統傳人的證明。

想到這裡，不禁讓曉潔為鍾馗派捏把冷汗，怎麼南派跟北派兩派的正統傳人，看起來都是一副玩世不恭的模樣。

「把門窗都關起來！」正式開戰之前，阿畢對著後面的曉潔叫道。

曉潔這才趕忙將窗戶關起來，而透過窗戶，曉潔清楚地看到了阿畢對著其中一批撲過來的人饑靈揮出了鍾馗寶劍。

窗戶一關起來，世界立刻變得沉靜。

由於剛剛都太過於專注在看著外面的戰鬥，以至於曉潔壓根已經忘記了後面還有自己的兩個同學與陳伯。

回過頭想看看兩人與陳伯的情況，才剛回頭，便看到了讓曉潔感覺到困惑的景象。

只見陳伯倒在地上，一個熟悉的身影就站在自己的眼前。

這個身影正是芯怡，她雙目圓睜，眼神流露出一抹瘋狂的氣息。

「芯怡？」

站在原地沒有動作的芯怡，雙手下垂，原本應該綁住的雙手，此刻那條布繩只殘留在左手。

曉潔瞬間都明白了。

自己因為擔心芯怡手上的傷口再次裂開，因此在綁右手的時候，特別小心的結果，反而讓芯怡有辦法掙脫。

當然在這一瞬間，曉潔也明白了為什麼阿畢與阿吉要把芯怡給綁在床腳。

曉潔腦海裡面閃過了幾句阿吉曾經說過的話。

「先食其魂，再啖其身，這是餓鬼們一貫的作風。」

「那些鬼魂一旦嚐到她的靈魂，林芯怡就會變得瘋狂，到時候可能還得為她收驚。」

這幾句話讓曉潔明白了一切，但卻為時已晚了。

「嗚啊！」芯怡開始低鳴哀號了起來。

那聲音聽起來完全不像是一個年輕女孩該有的聲音。

而就在曉潔準備轉身，跟外面的阿吉與阿畢通知這裡發生什麼事情的同時，芯怡也朝她撲了過來。

3

一切都因為一個結沒有綁好，而有了致命性的改變。

芯怡撲向了曉潔，幾乎沒花什麼功夫，就將曉潔打倒在地。

完全失去理智的她，撂倒了曉潔之後，二話不說地衝出了倉庫。

首當其衝的，當然就是在倉庫前面不遠處，用鍾馗寶劍將所有闖過阿吉的鬼魂全部留下來的阿畢。

阿畢根本完全沒料到竟然會有人從倉庫衝出來，全神貫注在對抗這些闖過來的鬼魂。眼角才剛掃到一個朝自己而來的黑影，要反應也來不及了，整個人就被從倉庫衝出來的芯怡撞得人仰馬翻。

阿畢重重地摔倒在地上，還好手握得牢，鍾馗寶劍不至於這樣飛出去，阿畢趕忙翻起身來，定睛一看這才看到芯怡的背影。

阿畢整張臉都白了，揮舞手上的鍾馗寶劍砍退幾個鬼魂之後，眼看芯怡正朝著阿吉而去，整顆心都涼了一半。

跳鍾馗最大的禁忌就是破梗壞戲，戲一旦穿幫，不但這戲再也演不下去，就連唱戲的人本身也會立刻身陷險境。這正是跳鍾馗忌諱有其他人在場的原因，不單單只是因為跳鍾馗的最初會集合煞氣容易中煞，更重要的是怕戲被穿幫。

身為鍾馗派的道士，阿畢非常清楚芯怡這樣衝過去，這戲是穿幫穿定了，更糟糕的是，如果阿吉跟阿畢一樣被撞倒在地，可能連爬起來的機會都沒有，就會立刻被那些看戲的鬼魂們給殺了。

雖然阿畢並不知道阿吉有能夠斜視的能力，也習慣經常注意周圍，但就算知道，正後方不管怎麼說都是死角，再加上阿吉現在還有其他事情要顧，根本不可能發現朝他背後衝過去的芯怡。

這下阿畢也不敢再沉默，對著阿吉大喊道：「阿吉！小心後面！」

原本還在跟煞主周旋的阿吉，猛然聽到阿畢的叫聲，身子一震，原本懸在空中的腳向後一縮，轉頭一看，果然看見了朝自己撲過來的芯怡。

阿吉非常清楚這代表什麼意思，立刻轉過身，一手握著操偶線繩，另外一隻手迎向了芯怡，一把抱住了撲過來的芯怡。

在有心理準備的情況之下，兩人接觸的瞬間還是有點東倒西歪，但不至於像阿畢一樣被撞翻。

阿畢叫完之後，也顧不得身邊的人饑靈，立馬朝阿吉那邊衝過去。

阿吉身邊那些原本看戲看得入迷的鬼魂，這時先是如夢初醒，過沒多久立刻露出它們猙獰的表情，朝著阿吉一擁而上。

阿吉根本沒辦法顧及這些從四面八方撲上來的鬼魂，腳一勾將芯怡摔倒在地上之後，整個人順勢壓在芯怡身上。

阿吉伸手到嘴下一咬，然後用冒血的手指，在芯怡的額頭上畫了道符，原本還不斷死命掙扎的芯怡立刻暈了過去。

雖然順利地解決了芯怡，但光是這幾秒鐘的耽誤，四周的鬼魂已經朝阿吉伸出它們致命的魔爪，眼看就要抓到阿吉的背了。

與此同時，出聲提醒阿吉之後，阿畢丟下那些人饑靈，拚命地朝阿吉奔去，奔跑途中阿畢也跟阿吉一樣，咬破了自己的手指，並且朝著鍾馗寶劍的劍身上面一抹，劍身頓時浮現出一抹淡淡的紅光。

就在那些鬼魂即將觸碰到阿吉的那個瞬間，阿畢揮出了鍾馗寶劍。

染血的鍾馗寶劍威力非凡，不過就是這麼一揮，幾乎光靠類似劍氣一樣的波動就足以消滅靠近阿吉身邊的鬼魂。

為數眾多的鬼魂立刻被這一斬給斬到潰散，頓時通道上的鬼魂亂成一團，少了跳鍾馗的壓制，根本沒辦法再控制這些鬼魂的行動。

少部分鬼魂在退下一會之後，立刻又朝著阿吉與阿畢這邊而來，但是大部分的鬼魂則是朝著倉庫而去。

阿畢趕到阿吉身邊，兩人都非常清楚現在面對的是多麼嚴重的情況。

阿畢將鍾馗寶劍丟給阿吉，兩人幾乎異口同聲地叫道：「請祖師爺！」

阿畢終究還是正牌道士，伸出兩指舉到額前，開始在口中唸唸有詞，過了一會之後，仰起頭來大叫：「有請祖師爺！」

阿畢叫完之後，用力踩著地面。

這正是請祖師鍾馗上身的舉動，畢竟在戲被揭穿了之後，就只剩下祖師爺親自現身，才有可能平息這場災難。

阿吉接過寶劍之後，知道阿畢要請祖師，將鍾馗寶劍一橫，擋在前面掩護阿畢，讓他可以專心請祖師。

阿畢一連踩了幾下，臉上露出疑惑的表情，再次將雙指舉在額前，又唸了一次之後，再踩，還是沒有動靜。

阿吉揮了幾劍之後，回頭看了阿畢一眼，阿畢一臉疑惑，唸唸有詞地說道：「怪了？請不到？」

眼看著大量的鬼魂已經不停朝著倉庫而去，阿吉心急如焚，沒有心情等待阿畢慢慢實驗，將鍾馗寶劍拋給了阿畢。

阿吉與阿畢一樣，將雙指舉在額前，唸了唸口訣之後，朝地上一踩，同樣疑惑的表情也躍上了阿吉的臉。

一般來說，請祖師上身並不算什麼太難的戲法，幾乎只要有點修行的道士，都可以請得到，至少像阿畢與阿吉這樣的正統傳人，更是屢請必至，根本沒有失敗的經驗，想不到今天在這麼緊急的時刻，竟然兩個人都請不到，這可是超乎兩人想像之外的情況。

阿畢見狀，用力揮了幾下寶劍之後，蹲下將芯怡給扛起來。

「快逃！」阿畢叫道，兩人一起朝著倉庫的方向撤退。

如果今天沒有鍾馗寶劍，不管兩人道行再如何高強，恐怕也已經雙雙罹難了。

靠著鍾馗寶劍，兩人勉強撤了幾公尺，眼看大量的鬼魂不斷衝入倉庫，兩人也好不容易退到了離倉庫差不到十步的距離時，阿吉再也壓抑不住焦急的心情。

「阿畢！」阿吉突然這麼叫道。

兩人的情誼本來就有如真的師兄弟一樣，阿畢來台北向呂偉道長學習的時候，兩人就一直都是一起練習的對象，因此默契當然完全沒有話說。

阿吉只喊了一聲，阿畢立刻知道阿吉的意思。

阿吉完全不顧身邊的鬼魂，拚命朝著倉庫奔去。

阿畢立刻先跟上去，揮舞著鍾馗寶劍，斷了幾個靠近阿吉的鬼魂之後，放下芯怡將劍一橫，轉過身來迎戰所有朝阿吉這邊衝過來的鬼魂。

有了阿畢的斷後，阿吉頭也不回地朝著倉庫奔去，即便如此，阿吉心中也有一種大勢已去的感覺。

除去在阿畢旁邊的那個芯怡，阿吉還有兩個學生在那間倉庫裡，即便還有身為道士的陳伯在裡面，但是如果陳伯沒事的話，芯怡根本不會跑出來，因此陳伯很可能有了什麼狀況，在這樣的情況之下，剛剛這些浪費掉的時間，加上那些穿過兩人衝進屋內的鬼魂，已經足夠殺光裡面所有的活人了。

雖然阿吉不願意放棄最後的希望，但是心情卻已經做好了十足的準備，在那扇門後的倉庫，很可能是一片血淋淋的景象。

帶著這樣的心情，阿吉衝進屋內，雙眼立刻睜得老大。

因為此刻的他，感覺就好像二十多年前的師父一樣，看到了那一模一樣令人驚訝的場景。

第7章・鎮煞

1

二十多年前——

為了送孤鎮煞而前往彰化準備作法事的呂偉道長，不知道年幼的阿吉偷偷躲在自己的貨車上。

這是場忌諱外人的法事，因此在法事開始之前，呂偉道長還特別請人清場，就是為了確保不會有不知情的民眾闖入而壞了法事，還可能讓呂偉師父以及闖入的民眾身陷險境。

只是不管是清場的人還是呂偉道長，都不知道小阿吉躲在貨車裡面，因此法事最後就在這樣的情況之下開始了。

而就在呂偉道長進行法事到一半時，小阿吉溜出了貨車，在最不應該現身的時間，探頭朝著戲棚裡面看，這一看不但驚動了四周的鬼魂，更讓呂偉道長以及小阿吉兩人身陷險境。

自身難保的呂偉道長，沒辦法在第一時間救助小阿吉，等到呂偉道長擊退了那些攻擊自己的鬼魂，準備衝出去救小阿吉的時候，就連呂偉道長自己都覺得已經為時已晚，但是呂偉道長仍然竭盡所能衝出去。

想不到才衝出去，立刻看到了難以想像的一幕。

只見這些原本柿子挑軟的吃的鬼魂們，看阿吉年紀小好欺負一擁而上的結果，卻是只能在阿吉的周圍停住，完全不敢靠近阿吉。

這到底是怎麼回事？

呂偉道長驚訝地朝被鬼魂包圍的中心一看，原本就已經很訝異的表情，變得更加驚訝。

在拉開戲棚偷看之後，想不到會看到恐怖的景象，嚇得小阿吉真的是屁滾尿流，立刻逃回貨車，而身後則是滿滿想要來抓他的恐怖鬼魂。

跳上了貨車，小阿吉立刻想要找點東西來防身，一打開箱子，就看到了一個東西。

時間緊迫之下，小阿吉抓起那東西，跳下貨車，朝著車子後方的空地跑去。

跑沒幾步，就已經被後面追上來的鬼魂給團團圍住，小阿吉完全無路可逃。

早在看到那些鬼魂的瞬間，小阿吉就已經嚇到哭出來了。

這時被這些鬼魂給包圍，小阿吉更是哭得一把鼻涕一把眼淚，但是狗急尚可跳牆，更何況小阿吉手中還拿著那個從貨車上拿出來的東西。

眼看鬼魂不斷朝自己靠過來，小阿吉也沒有別的選擇，只好拿起手上的東西，開始操作起來。

那個東西不是別的，正是鍾馗戲偶。

原來小阿吉竟然從車上拿出另外一尊預備用的鍾馗戲偶，有模有樣地模仿著呂偉道長跳鍾馗。

由於跳鍾馗是個非常基本的功夫，所以不管是戲班還是民間廟宇的道士、廟公，都會學來施行，而身為鍾馗派北派翹楚的呂偉道長，自然有很多人上門求學。

因此，幾乎每天都在廟前遊玩的小阿吉，看著這些學跳鍾馗的人，在耳濡目染的情況下，自己也學會了如何跳鍾馗。

雖然沒有實際上練習過，但是記憶力與觀察力過人的阿吉，也算是學成了跳鍾馗。

這完全出乎呂偉道長的意料之外。

只是，架式是有了，但小阿吉的臉上在面對這麼多恐怖的鬼魂，還是嚇到淚流滿面。

「走開啦嗚嗚嗚……」小阿吉哭著叫道：「鍾馗祖師在此啦嗚嗚嗚……不准過來啦嗚嗚嗚嗚……」

一把鼻涕一把眼淚的阿吉，仍然舞動著手上的鍾馗戲偶，因此沒有半個鬼魂可以靠近他。

呂偉道長看傻了眼，畢竟不要說跳鍾馗了，光是操控戲偶這種功夫，可不是在旁邊看一看就可以學得會的，阿吉能這樣有模有樣地跳鍾馗，實在遠遠超乎呂偉道長的想像之外。

不過終究還是偷學的，阿吉在一些腳步以及操偶該做的步驟，都有許多出錯的地方，因此不要說驅鬼鎮邪了，光是連自保都顯得有點勉強。

但是即便如此，對從來沒有真正學過操偶與跳鍾馗的小阿吉來說，這已經不是優秀兩個字可以形容的。

從某個角度來說，沒有記憶力與學習力這兩種天分，根本不可能做得到。

看到這一幕的瞬間，呂偉道長心中只有一個想法，那便是自己已經找到了一個最完美的弟子了。

眼看情況越來越危急，呂偉道長也不敢大意，立刻上前從後面抓住小阿吉的手，並且整個人貼到了小阿吉的身後。

「道長！」小阿吉看到呂偉道長，大聲地叫道：「快點救我！」

「別怕！」呂偉道長對小阿吉說：「跟著我一起動。」

呂偉道長就這樣抓著小阿吉的手，以實戰的方式，教導了阿吉如何正確踩出每一步。

在呂偉道長與小阿吉的聯手之下，兩人也算是有驚無險地度過了這個難關。

死裡逃生的阿吉對自己嚇到屁滾尿流、哭得唏哩嘩啦的事情非常在意，因此他要求呂偉道長，不管怎樣都不能跟任何人提到今天的景象。

而在發現小阿吉那過人的記憶與觀察力之後，也讓呂偉道長萌生了要收阿吉為徒的念頭，認為他的潛力無窮。

事實上，呂偉道長一點也沒有看走眼，在呂偉道長第一次正式教他跳鍾馗時，他竟然只憑那天的恐怖經驗，就已經跳得八九不離十，只有一點零星的錯誤，阿吉過目不忘的好記性在此表露無遺。

不過更讓呂偉道長感到驚訝的是，阿吉除了記性好之外，根本可以說是操偶的天才。不管呂偉道長教他任何操偶的技巧，阿吉不但一下子就學會了，還可以自己融會貫通，甚至在經過練習之後，無師自通地讓傳說中的絕技復活。

這點，倒是呂偉道長始料未及的事情。

2

想不到因為自己一時的心軟與體貼，竟然引發了這麼一發不可收拾的災難。

被芯怡撞倒的曉潔，感覺到劇痛的不只有身體，還有那股後悔的心情。

等曉潔好不容易從地板上爬起來的時候，芯怡已經衝出倉庫，撞倒了阿畢，並且直直朝著阿吉而去。

雖然沒有實際上見識過，但是從阿吉與阿畢所說的話中可以了解到，這將會引發一場大災難，甚至導致毀滅性的結果。

曉潔看著窗外，心中感覺到無比的絕望。

窗外被撞倒的阿畢，叫了阿吉一聲之後，立刻朝阿吉那邊而去。

而那些原本應該被阿畢抵擋住的人饑靈，也因此紛紛朝著倉庫而來。

看到那些自己曾經對付過的大肚鬼，猛然朝這邊而來，曉潔嚇到一連退了好幾步，心裡立刻浮現出快逃的想法。

後退的腳步因為踢到了異物而停了下來，曉潔低頭一看，看到了倒在地上失去意識的陳伯。

不行，如果現在自己逃了，那麼不管是陳伯還是躺在床上翻著白眼的美嘉，都很可能會就這樣死去。

自己曾經對付過這些餓死鬼，只要手上有桃木劍，曉潔至少還有機會跟那些鬼魂一搏。

有了這樣的想法之後，曉潔立刻開始四處找尋著桃木劍的蹤影。

倉庫裡面堆了一些箱子，不過不管哪個箱子看起來都不像是可以裝劍的大小。

曉潔死命地翻箱倒櫃，試圖找到一點自己可以拿來利用的東西，雖然找到一些看起來就像是法器的東西，可是沒有使用方法，曉潔也沒用過的情況之下，根本不可能臨時拿起來對付那些衝過來的鬼魂。

瞥了窗外一眼，曉潔的雙眼瞪得更大了。

那些餓死鬼並沒有衝入倉庫，反而轉身要朝阿吉那邊而去，這先讓曉潔鬆了一口氣，但是緊接而來阿畢揮著寶劍將鬼魂打散之後，更多鬼魂反而朝著倉庫而來。

眼看那些鬼魂轉眼之間就要衝過來了，但是曉潔卻完全沒有找到任何可以對抗的東西。

這時放在屋角的一個金色箱子吸引住了曉潔的目光，那個箱子跟阿吉剛剛拿出去的箱子有點相似。

幾乎完全沒有時間的情況之下，曉潔根本沒辦法多想，直接衝到箱子旁邊，打開了箱子。

箱子裡面的東西，立刻讓曉潔看傻了眼。

砰的一聲，身後傳來鬼魂衝進屋內的聲響，曉潔不敢有任何遲疑，立刻拿出箱子裡面的東西，轉身面對那些鬼魂。

3

衝進屋內，阿吉作夢也想不到，身為師徒的自己與呂偉道長，竟然會看到同樣的景象。

只見那些凶惡的鬼魂們，包圍著曉潔，卻沒有任何的鬼魂敢靠近。

屋子中心的曉潔手下，舞動著一尊鍾馗戲偶，阻止了所有鬼魂的靠近。

這時負責斷後的阿畢，一手拖著芯怡，一手揮舞著寶劍，也來到了倉庫門前。

「這是——」阿畢看到屋內的情況，也是一整個傻眼。

只見曉潔有模有樣地踩著七星步，但是那尊被她操作的戲偶，卻完全沒辦法踏出七星步。

按理說，這應該完全不會有鎮煞阻鬼的效力，但是現在情況卻非常不同。

阿吉幾乎是一眼認出了那尊鍾馗戲偶，但是一旁的阿畢卻是看了一會之後，才張大了嘴，一臉訝異到不行的表情。

先前阿畢才跟曉潔說過，自己最期待看到的，不正是現在曉潔手上拿著的那尊阿吉的本命鍾馗嗎？

被所有鍾馗派的人尊稱為「刀疤鍾馗」，全世界只此一尊的鍾馗戲偶，正有點呆滯地被曉潔舞動著。

「難怪我們一直請不到祖師爺。」阿吉抿著嘴說：「因為祖師爺已經駕臨了！」

阿吉當然只看一眼立刻就知道是什麼情況，畢竟再怎麼說，那可是自己的本命鍾馗。

「不會吧？」阿畢難以置信地瞪大眼說：「這小妞不會那麼神吧？」

阿畢會這樣說不是沒有原因的，畢竟拜請祖師雖然不難，但卻不是每個人都做得到，沒有一定的功力，就算是鍾馗派的師父也不一定能成功，無法拜請祖師的道士更是多如牛毛。

「不是她的關係，」阿吉冷冷地說：「是因為我的本命。這就是我不太常用本命的關係。用了本命即便我沒那意思，祖師爺也常常駕臨。」

「祖師鍾馗在此！」曉潔學阿吉喊完之後，哭喪著臉叫道：「不要亂動好不好？」

此刻曉潔臉上的表情，正如當年的小阿吉一樣，只差沒有淚流滿面，當然也沒有尿濕褲子。

後面的鬼魂陸陸續續衝過來，阿畢轉身對抗的同時，心中也踏實多了。

雖然驚訝萬分，但兩人終究是見過風浪的鍾馗派傳人，因此立刻開始有了動作。

阿吉從道袍裡面拿出了一把米，朝著空中一撒，再次咬破手指，將手上的血朝前面一彈，鬼魂立刻讓出一條路來。

阿吉清出一條路，立刻朝曉潔衝過去。

曉潔這邊原本已經感覺到絕望，想不到鬼魂突然一讓，看到了阿吉，立刻哭喊道：「老師！救命！」

深怕曉潔看到自己就丟下戲偶，阿吉大叫：「別放手！祖師爺已經來了！放手就難請了！」

阿吉衝到了曉潔身邊，繞到了她的身後，一把抓住了曉潔。

「穩住！」阿吉叫道。

阿吉從後面抓著曉潔的手，並且讓曉潔的腳跟踩住了自己的腳，就跟當年呂偉道長與小阿吉的情況一模一樣。

兩人貼在一起，瞬間讓曉潔有點害羞了起來，臉色立刻浮現出尷尬的神情。

「專心點！」阿吉沉著臉說：「在祖師爺面前。」

這實在很難想像是從一個整天斜眼打量著一整班女學生的色龜老師口中說出來的話。

可是，阿吉的眉目之間卻是那樣的專注，反而讓曉潔覺得是自己心術不正，內心有說不出的悶。

「妳連腳步都還記不熟，」阿吉面無表情地說：「跟著我踩。」

曉潔的腳跟踩在阿吉的腳上，因此阿吉只要一用力，曉潔的腳也會跟著抬起來。

在這種情況之下，曉潔就感覺自己好像輕飄飄地用一種奇怪的姿態在行走一樣。

阿吉一連帶著曉潔踩了六步，照著北斗七星的方位踩出，第七步就算是第一顆北斗七星的方位了。

「第一步，天樞。」阿吉在曉潔的耳邊說道。

阿吉的腳放了下去，踩在天樞的方位上，但是曉潔卻突然感覺到胸口一悶，這一腳跟剛剛在外面的阿吉一樣，怎麼樣都踏不下去。

「妳沒功力，」阿吉淡淡地說：「當然壓不下去。不過別緊張，只要照著我的話做，我們一定會贏。」

看著眼前包圍著自己與阿吉的那些鬼魂，曉潔實在很難相信這句話的可信度，不過現在自己也沒有別的選擇了，只能硬著頭皮跳完這場人生第一次，希望不會是最後一次的跳鍾馗。

跳鍾馗一旦被揭穿，就沒有再跳下去的可能性，除非請來真正的祖師鍾馗，不然這些鬼魂不會再上當了。

而現在祖師降臨在刀疤鍾馗的身上，等於是祖師爺親臨現場，因此就算曉潔沒有半點功力，也可以靠祖師爺的神威來鎮壓全場。

阿吉抓著曉潔的手，也沒有多說什麼，就這樣隔著一雙手操作著自己的本命鍾馗。

只見那鍾馗戲偶右腳一抬，朝著前面一踩，踩下去的同時，曉潔也覺得原本空中那股不讓自己踩下去的力道也跟著消失，曉潔的腳也終於順利地踏在了天樞的方位上。

「第二步天璇！」

「第三步天璣！」

「第四步天權！」

「第五步玉衡！」

在阿吉的代領之下，兩人一連走了四個方位，每一次走到方位的最後一步，那胸口的悶痛感就越來越強烈，不過最後總是能在鍾馗祖師上身的戲偶開路之下，順利踏下那一步。

「接下來，」阿吉在曉潔的耳邊說：「第六步開陽！」

原本包圍在旁邊的鬼魂似乎感覺到不安，開始越來越騷動了起來。

兩人再次朝開陽的方位踏去，這次鬼魂不再只在旁邊躁動，紛紛開始朝兩人靠過來。

眼看那些鬼魂的手都已經快要碰到自己的鼻頭了，曉潔感覺到自己因為恐懼而有點腳軟。

不過只是膝蓋這麼一彎，後面的阿吉立刻用身子撐起了她。

「別怕。」阿吉淡淡地說：「一定要走完，它們動不了我們的，專注就可以克服自己的恐懼，妳一定可以的，曉潔。」

這是阿吉第一次沒有連名帶姓地稱呼曉潔，事實上也是他第一次這樣叫自己的學生，為了維持洪老師那種與女學生之間授受不親的形象，阿吉一直都是強迫自己必須連名帶姓地稱呼，才不會讓人感覺太親密，這讓曉潔一時之間也有點不習慣。

然而阿吉的話語，就好像一碗在寒冬之中喝進肚子裡的熱湯一樣，讓曉潔原本已經嚇到有點僵硬的手腳，又再次溫暖了起來。

順利踏到第六步的方位之後，曉潔也不自覺地看向最後一步的方位。

「最終步瑤光。」阿吉如此宣布。

兩人絲毫不敢停留，朝著最後的方位一連踏出了六步。

「等等。」阿吉說。

只見阿吉又再次熟練地將鍾馗戲偶先踏下第七步，然後點頭對曉潔說：「踩。」

曉潔用盡自己身上的力量，朝瑤光的方位狠狠地踩了下去。

阿吉這次也特別等了曉潔一下，跟著一起踩下去。

「退！」踩下去時阿吉斥道。

就在阿吉這麼喊著的同時，現場宛如一陣颶風吹過般，所有鬼魂都被這股颶風給震飛，原本滿屋子的鬼魂，此刻竟然只剩下一個鬼魂佇立在那裡。

這鬼魂即便阿吉沒有介紹，曉潔也非常清楚，它正是煞主。

雖然沒有跟著其他鬼魂一樣，一起被那颶風吹走，但是身形卻顯得有些模糊不清。

「會做魁星踢斗的姿勢嗎？」阿吉在曉潔的耳邊問：「抬左腳的那種。」

曉潔雖然不確定魁星踢斗是不是自己所想的那個姿勢，但阿吉所做過抬左腳的那個動作，她倒是還記得，只是不知道其中有沒有什麼訣竅而已，因此猶豫了一下之後才點了點頭。

「來。」阿吉先在曉潔的耳邊說，然後對著煞主斥道：「現！」

阿吉一振，曉潔也跟著擺出了魁星踢斗的姿勢，不只曉潔，就連阿吉握著曉潔的手所操作的那尊刀疤鍾馗，擺出來的姿勢也正是威風凜凜的魁星踢斗。

在阿吉、曉潔以及刀疤鍾馗三個魁星踢斗的姿勢之下，那鬼魂的黑影立刻跪了下來，背後竟然露出了一條尾巴。

「阿畢！」

早已經準備在旁的阿畢，完全不需要阿吉的提示，立刻橫劍站在那黑影的前面。

「踩七步七星陣，」阿畢對著煞主說：「揮一柄鍾馗劍，三煞合一的煞妖，這是給你的除煞劍，破！」

阿畢說完，朝著煞主揮下了鍾馗寶劍，煞主立刻被鍾馗寶劍一刀兩斷，整個消失得無影無蹤。

「這是鎮魂步！踩！」阿吉也跟著叫道。

曉潔會意過來，兩人一起將高舉的左腳朝地上踩下去。

砰的一聲，原本那些被颶風給吹走的鬼魂，也在這一聲巨響之中，消失得無影無蹤。

就連床上原本翻著白眼的美嘉也在這一下閉上了雙眼，安靜地躺在床上宛如沉沉睡去的模樣。

4

「……這就是，」阿畢瞪大著雙眼說：「傳說中的刀疤鍾馗？」

看著阿吉手上的鍾馗戲偶，阿畢簡直都快要跪在地上膜拜了。

「你看這些精細的線條，」阿畢一臉羨慕到快要死掉的表情說：「還有它的上色，國寶！真的不愧是國寶！」

「你是有完沒完啊？」阿吉白了阿畢一眼說：「另外一個女生呢？」

阿吉所指的當然就是剛剛被自己弄暈過去的芯怡，阿畢用手指著門外，雙眼卻仍然盯著阿吉手上的那尊戲偶看。

雖然曉潔沒見過多少尊戲偶，不過光是單單看著這尊鍾馗，的確也看得出來製作精緻、手藝高竿的地方。

不過最讓曉潔震撼的，還是那道在鍾馗臉上的刀疤，讓本來就已經很威武的鍾馗更顯現出那一抹不凡的霸氣，那種與擁有者之間存在著過於強烈的對比，總會讓人覺得在阿吉這樣玩世不恭的人手上，有點折損鍾馗祖師的威風。

阿吉將鍾馗戲偶放在桌上，正準備出去看看芯怡，芯怡反而自己走了進來。

芯怡一臉茫然，看了看眾人，然後轉向曉潔問道：「我……為什麼會在這裡？」

「妳是不是又開始節食了？」阿吉沒好氣地問芯怡。

芯怡猶豫了一會之後，才彆扭地點了點頭。

「芯怡，」曉潔抓著芯怡的手說：「先不要說妳會再惹到這些餓鬼了，妳這樣下去，身體也會不好吧，為什麼妳要這樣一直傷害自己呢？」

「我只是，」芯怡露出一臉寂寞的表情說：「想要再瘦一點。」

「啊？」曉潔一臉訝異地說：「妳已經很瘦了！夠了，再瘦下去……」

曉潔說到這裡也不知道該怎麼說，本來想要說再瘦下去也不好看，但是覺得這樣恐怕會再度傷害到芯怡的心，因此話也只能打住。

「真的？」阿吉走過來似笑非笑地問：「還要再瘦一點？」

芯怡看著阿吉，不知道他這麼問到底是問真的還是問假的。

「其實，」阿吉沉著臉說：「妳根本不是因為愛他，不是嗎？」

芯怡被阿吉這麼問，一時之間點頭也不是、搖頭也不是。

「我只是……」芯怡沉吟了一會之後說道：「想讓自己再好看一點。我……不想再被……」

雖然芯怡話說得沒頭沒尾的，但是阿吉與曉潔都知道什麼意思，她不想再被人甩了。

曉潔正準備開口安慰芯怡，豈料被旁邊的阿吉搶先了。

「所以，」阿吉皺著眉頭問：「妳的目標是當個蕩婦嗎？希望所有看到妳的男人都要愛上妳嗎？妳都還沒有下一個對象，就已經知道人家會嫌妳的身材嗎？」

芯怡瞪著阿吉用力地搖搖頭。

「妳只想要一個？」阿吉似笑非笑地說：「那如果他不能接受妳外貌的變化，妳能美一輩子嗎？靠妳的美貌吸引來的男人，最終還是會因為妳的美貌枯萎而離開，不是嗎？」

阿吉的這些話，讓芯怡不得不低下了頭，沉下了臉。

「妳已經很有外表了，」阿吉搖搖頭說：「妳現在差的是饑餓的內在，不滿足的心情，就跟那些饑餓永遠都吃不飽的餓鬼一樣。妳比任何人都應該還要清楚，不是嗎？」

的確，阿吉說的這些，芯怡都懂，甚至也常常跟自己說，但就是沒辦法制止自己這愚蠢的行為。

「這些鬼魂之所以無法離開妳，正是因為妳的饑餓啊。」阿吉面無表情地說：「死了，就什麼都沒有了。」

這句話幾乎可以說是說入了芯怡的心。

說穿了，現在芯怡之所以如此堅持，不就是為了未來做準備嗎？又或者是為了過去的一種堅持？芯怡自己也搞不清楚，只知道是那種擔心與害怕，催促著自己不斷地將吃進肚子裡面的食物給吐掉。

「再招惹這些鬼魂一次，」阿吉淡淡地說：「就再也沒有任何人可以救妳了。沒有了性命，妳要用什麼來迎接妳生命中的真命天子呢？還是，妳要永遠成為那個劈腿男的女人，即便孤寂一生也無所謂？妳自己做決定吧。」

阿吉的這句話，讓芯怡感覺到自己的愚蠢，她摀著臉跪了下來，然後開始哭了起來。

芯怡的這陣哭聲，也為這場危機畫下了一個短暫的句點。

尾聲

1

是夜。

街道的兩側沉靜地睡去，只剩下幾戶人家還點著燈。

這裡雖然是台北的市郊，但是自從西北方的那條快速道路開通之後，這裡就開始慢慢沒落了。

交通不方便加上鄰近山坡地區，導致整條街只剩下一扇扇緊閉的鐵門，訴說著過去這裡也曾經有過一段繁榮的時光。

只有街道最深處的那間便利商店，還在這裡為沒有辦法搬離的住戶們，提供簡單又方便的服務。

雖然說不至於到杳無人煙的地步，但是比起繁榮的市區來說，這裡的確多了份蒼涼與寧靜。

當然這些不單單只是那條快速道路所造成的，還有其他非常不祥的原因。

一輛拉風的紅色跑車開入了這條街道，形成了強烈的對比。

跑車開到街道的半途，緩緩地減速，然後在路邊停了下來。

車子停妥之後，一男兩女從紅色跑車中走了下來。

這三人不是別人，正是阿吉、曉潔與美嘉。

「這還真是……」阿吉看了看四周說：「一個鳥不拉屎的地方。」

阿吉轉過頭來，看著美嘉說：「再說一次妳為什麼會來這個地方？」

「……見一個網友。」美嘉有點扭扭捏捏地說。

「唉，」阿吉嘆口氣搖搖頭說：「都已經什麼年代了，還這麼不小心？」

美嘉有點不好意思地低下頭。

阿吉看著眼前這棟鐵門深鎖的公寓，不自覺地眉頭深鎖了起來。

仰起頭來看著眼前這棟四層樓的公寓，雖然說這邊已經沒落許久，但是整條街上，一整棟樓房都沒有半點燈光的，也就只有這一棟而已。

這並不是偶然，阿吉心中很快就有了這樣的想法。

轉過身來，將視線投向對街的大樓，在僅隔著雙向車道的對面，三棟大樓並排在一起，兩棟矮的在兩旁，中間的那棟大樓，卻是高聳地被夾在中間，乍看之下，就好像一把劍一樣。

而且那棟高聳的大樓，外壁是採用反光玻璃，因此可以想見的是，白天如果站在這裡，肯定會被那些折射的陽光曝曬到頭暈。

雖然阿吉不是專業的風水師，但可以肯定的是，光是對面大樓的造型以及它那反光材質，很有可能就已經構成一煞了。

但是光靠這一煞，不可能導致美嘉有生命危險，頂多只是身陷險境而已，畢竟風水上的煞，也就是鍾馗派所謂的天煞，是需要一些時間去醞釀的，除非本身就是中煞的人，否則這一煞要形成所謂的三煞合一，是不太可能的事情。

想到這裡，阿吉不自覺又將眼光轉回眼前的這棟大樓。

看到大樓一片死氣沉沉，完全沒有住戶的情況，阿吉心中也大概有個底了。

如果給阿吉下注的話，他會賭這棟大樓以前一定發生過非常不好的事情，關於這點，他肯定可以從附近的廟宇問到些端倪。

而如果真如阿吉所料，這裡真的曾經發生過一些事情，那麼加上這裡的風水，很可能就形成雙煞了。

再來只要在正確的時間，做正確的事情，就可以導致三煞合一的結果。

「怎麼了？」完全不知道阿吉腦海裡面在想什麼的曉潔，看到阿吉的表情越來越沉重，不禁皺著眉頭問阿吉。

「這是陷阱。」阿吉冷冷地說。

「陷阱？」

「天煞、地煞，然後……妳說他跟妳約什麼時間？」

「他說他最討厭人家遲到了，」美嘉抿著嘴說：「所以——」

阿吉打斷了美嘉的話問道：「是不是約六點十五分之前？」

美嘉愣了一會之後，點了點頭。

「沒錯，」阿吉沉著臉說：「這是個惡毒的陷阱，天、地、人三煞全部到齊了，就是一定要美嘉中煞。」

阿吉握著拳頭，沉吟了一會之後，轉向美嘉問道：「妳有得罪過任何人嗎？不，不是任何人……」

美嘉緩緩地搖搖頭。

「會不會是那個神棍？」曉潔靈光一閃問道。

「不可能，」阿吉搖搖頭說：「那死小子說得沒錯，他沒那個能耐做這樣的陷阱。」

阿吉非常清楚，這人不但不是一個普通人，而且極有可能是非常熟悉風水、煞氣……或者是鍾馗派的人，才會用煞氣來佈陷阱。

可是到底是誰？

……目的又是什麼呢？

阿吉一時之間，完全沒有答案，但是他非常確定一件事情。

那就是對方的計劃，很明顯被自己破壞了，而仍然躲在暗處的對方，不會就此作罷。

因此，這不會是個結局，反而是一個開端——一個非常惡毒的開端。

2

深夜時刻。

么洞八廟隱身在都市的巷弄之中，就跟它的形象差不多，低調穩重。

原本到了這個時間，應該都已經熄燈的正殿，此刻卻一反如常的燈火通明。

正殿之中，祭壇上面擺滿了供奉的供品。

阿吉恭敬地在祭壇前面膜拜。

正所謂「一請祖師三日奉」，就算祖師爺退駕了，鍾馗戲偶也得供奉三日，不得怠慢。

因此，今天在主殿上面的除了鍾馗神像之外，還擺了一個凶狠的刀疤鍾馗戲偶。

阿吉站在祭壇前面，看著那一大一小的鍾馗神像與戲偶，有種非常奇妙的感覺。

看著那尊臉上有著一條刀疤的鍾馗戲偶，回憶湧現在阿吉的腦海之中。

二十年前——

呂偉道長與一名男子站在一間透天厝門前。

「拜託了！」呂偉道長向男子深深地一鞠躬說道：「高師父，我真的很希望我唯一的弟子可以擁有一尊你製作的戲偶。」

這個男子約莫六十多歲，一頭蒼白頭髮的他，擁有一雙嚴厲的眼神。能夠讓名震天下的呂偉道長向他鞠躬，自然也不會是什麼等閒之輩。

他是國寶級的戲偶大師，高大師。

手藝精湛的他遵循古早的製偶方法，以純手工的方式製造出中國傳統的戲偶，在製偶界也算是一個傳奇大人物。

而呂偉道長今天會特別前來拜見他，目的就跟他所說的一樣，是要為他單傳的弟子阿吉，求一尊戲偶。

「不用說了！」高師父十分果斷地回絕了呂偉道長的請求：「我這邊製作的戲偶，可不是給你們拿來在街頭要猴戲的！」

高師父所製作的提線木偶，的確是鍾馗派所適用的戲偶，因此上門前來求戲偶的鍾馗派師父，可以說是絡繹不絕，但是從高師父的態度大概也可以猜想到，每個來求戲偶的鍾馗派師父，最後都得跟呂偉道長一樣，碰一鼻子灰回去。

「高師父，」呂偉道長誠懇地求道：「我知道你的製偶功力，但是請你相信我，我的徒弟他一定不會讓你製作的戲偶蒙羞，他一定可以讓你的戲偶發揚光大。」

雖然呂道長講得非常誠懇，但是高師父的臉色卻仍然十分嚴肅，當然，這也是有原因的……

「呂道長，」高師父沉著臉說：「我敬重你是北鍾馗派的翹楚，如果今天這尊戲偶是為你而做的，我相信同樣身為國寶級的大師，你絕對夠份量來操縱我的戲偶。不過如果是給你的弟子，那麼很抱歉，我實在不能接受自己的藝術品落在那樣的猴死囡仔手上。」

高師父說著，眼光望向呂偉道長身後的半空中。

呂偉道長順著高師父的視線看過去，只見原本應該站在呂偉道長身後的阿吉，此刻已經不在呂偉道長後面，而是在高師父目光所落之處。

這間透天厝是高師父的住家兼工作室，而在這間透天厝的前面，種著一棵百年榕樹，此刻的阿吉正位在這棵大榕樹的中段，並且仍然不斷嘗試著要往上爬。

「阿吉不是這樣的，」看到這景象，呂偉道長尷尬地說：「那只是表面的偽裝，他實際上——」

想不到呂偉道長還沒解釋完，話就被阿吉給打斷。

「師父！師父！」站在榕樹樹梢的阿吉興奮地叫著：「你看，我爬到頂了！」

「你想說什麼？」高師父冷冷地問。

這下子就連呂偉道長也不知道可以說什麼了。

那天呂偉道長帶著一顆誠懇的心，來到了高師父的跟前，想要為自己獨一無二的弟子求一尊本命鍾馗，卻帶著遺憾而回。

想不到一直到呂偉道長往生，他都沒能幫阿吉找到一尊合適的戲偶。

只是人算不如天算，高師父作夢也沒想到，這一次的拒絕賠上的竟然會是自己的性命。

高師父與阿吉再次見面，已經是相隔十多年之後的事情了。

十多年後的一個深夜，高師父帶著忐忑的心情造訪了么洞八廟。

當時，呂偉道長已經在不久前離開了人世，而阿吉也已經不再是那個在錯誤的時間爬上一棵錯誤的樹頭的小朋友，而是堂堂繼承了么洞八廟的成年男子。

阿吉在當時還沒有改建成為「呂偉道長生命紀念館」的二樓，也就是以前呂偉道長接見貴賓的辦公室裡面，接待高師父。

高師父之所以會前來么洞八廟，並不是為了追念呂偉道長，而是為了自己的女兒。

在聽完高師父的來意之後，阿吉皺著眉，低頭沉默不語了好一陣子。

「高師父，」阿吉仰起頭來看著高師父說：「你的情況我了解了，但是很抱歉，不是我不想幫你，你自己也說了，你已經請了所有北派的大人物來幫你女兒鎮煞了，這代表著如果想要鎮得住那樣的重煞，一定要找個本命鍾馗很強的法師，但是偏偏我連個本命鍾馗都沒有。」

聽到這裡，高師父臉都綠了。

高師父的確知道呂偉道長已經仙逝，他之所以會來到這裡，是因為其中一位師父告訴他，雖然呂偉道長已經不在人世，但是他的弟子聽說是個操偶大師，如果是那個人的話，應該有可能救得了他的女兒。

是的，就是因為這個流傳在北派的都市傳說，高師父才會特別前來。

但是他作夢也沒有想到，阿吉沒辦法幫忙的原因，竟然是因為沒有本命鍾馗。

換句話說，如果當年高師父答應了呂偉道長，幫阿吉製作本命鍾馗，今天也不會發生這樣的事情。

「你女兒的時間有限，」阿吉沉著臉說：「三天之內，我想就算特地去找，也沒辦法找到合適的戲偶吧？所以真的很抱歉，我勸你還是去中南部找其他鍾馗派的師父們吧，這比我這邊還要有機會多了。」

這是阿吉的肺腑之言，畢竟本命鍾馗沒有那麼容易尋覓，除了需要製偶師本身的製偶技術之外，還需要配合法師本身的操偶技術，這也正是阿吉一直沒辦法找到本命鍾馗的原因，在台灣幾乎已經找不到可以製作出能迎合阿吉操偶技術的製偶師了。

聽到阿吉這麼說，高師父將頭向上仰，痛苦地閉上了雙眼。

如果這世界上真的有時光機，此刻的高師父肯定會乘坐上去，飛回十多年前，給門口那個自己狠狠的一拳，要自己不要那麼多堅持，立刻幫那個爬樹少年製作一尊本命鍾馗。

看著高師父痛苦懊惱的模樣，阿吉走過來拍了拍他的肩膀，安慰高師父一下。

「不！」高師父突然站起來說：「你的本命鍾馗包在我身上，三天之內，我一定做出一個連你師父都會感到驕傲的戲偶，請你三天之後，務必到我家來，我會親手做出這個本命鍾馗，然後也請你用這個本命鍾馗，救救我女兒的性命。」

「啊？」

阿吉訝異地張大了嘴，畢竟製作戲偶曠日費時，想要在三天之內做出一個高水準的戲偶，實在是有點天方夜譚。

不過高師父並沒有給阿吉太多考慮的空間，說完之後便頭也不回地出去，留下一臉愕然的阿吉。

為了自己的女兒，也為了自己的手藝，高師父回去之後，便投身在工作室中。日出做到日落，接著又做到了日出。

一連三天，高師父不眠不休，甚至連飯都只草草吃了幾口，幾乎竭盡自己畢生功力，只為了製作出一個足以拯救自己女兒一命的戲偶。

一刀一筆，不管是多麼精細的細節，都不可以出錯，高師父瞪大雙眼，執著地在工作室裡面，趕工製作這個很可能是自己人生之中的最後一個戲偶。

終於在第三天日出之際，一尊莊嚴又細緻的鍾馗戲偶已經儼然成形，接下來要進行的，正是畫龍點睛的工作。

只要完成這最後一刀一筆，這個堪稱國寶級的鍾馗戲偶，就算完成了。

高師父拿起了雕刻刀，但是手卻在這個時候開始顫抖了起來。

高師父調整了一下呼吸，用左手握住了右手手腕，阻止了抖動，看準方位之後，準備為這尊鍾馗戲偶，劃下最後的一刀。

突然高師父感到胸口一陣劇痛，讓他沒辦法下刀。

好不容易都已經走到了這一步，心臟卻在這個時候反噬著自己的身體。

一連三天未曾闔眼，對一個已經年逾七十的老人家來說，是個生理上的極限。

高師父瞪大了雙眼，看著自己可以說是窮盡畢生功力所製作出的這尊戲偶。

「不行！還差一刀！」

即便高師父說什麼也不放棄，但意識卻沒有辦法順利地傳達到身體的各處。

高師父張大了嘴用力想要吸氣，卻完全無法吸入任何的氧氣。視線就好像被人用手指擠壓住眼球一樣，從四周開始冒出了一片黑幕，不斷縮小了自己的視線。

在那逐漸縮小的視線之中，高師父的目光仍然看著那一個點。

……就只差那一刀了。

高師父舉起了雕刻刀，卻再也無法動彈，身體一硬之後，整個人就好像被擊潰的高樓般，應聲倒了下去。

而原本那高舉的雕刻刀，也隨著身體的癱倒一起筆直地劃了下去。雕刻刀劃過了那鍾馗戲偶的臉龐，並且最後咚的一聲，插在了工作桌上。

當高師父的家人發現他倒在工作室裡的時候，高師父已經回天乏術。

阿吉照著約定，在第三天的早上來到了高師父的家中，但高師父卻已經往生了。

當阿吉打開工作室的門時，一尊威武的鍾馗就站立在工作桌上，而鍾馗的前面就插著一把雕刻刀。

正是這把雕刻刀，在鍾馗的臉上，留下了一道宛如刀疤的痕跡。

不愧是國寶級的製偶大師，在臨終前的最後一刀，也算是為這尊鍾馗戲偶完成了畫龍點睛的工作。

強烈的陽光透過氣窗射入工作室之中，在強光光幕之中可以看見許多飄浮在空中的灰塵顆粒，這尊鍾馗戲偶彷彿就是站在這片灰塵戲台上的主角般，讓阿吉一直沒有辦法將目光移開。

曾經聽師父呂偉道長說過，每個鍾馗派的道士與自己的本命鍾馗之間，都有種難以形容的默契。

當阿吉問到師父的那尊本命鍾馗是怎麼得到的，師父告訴阿吉那是一種緣分，而且在第一眼看到的時候，就有一種奇妙的感應力讓他非常確定，自己的本命鍾馗就是它。

然而，在這些日子之中，阿吉從來就沒有對任何鍾馗戲偶產生這樣的感覺，因此對於師父說的那種感應力，阿吉完全沒有辦法想像。

但是在第一眼見到這尊擁有刀疤的鍾馗戲偶時，阿吉的內心確實感受到了一種奇妙的感覺，一種……「我終於找到你了」的感覺。

阿吉就這樣愣愣地望著刀疤鍾馗戲偶好一陣子，回過神來之後，阿吉晃了晃頭，然後走到了工作桌前。

「高師父，」阿吉閉上雙眼，雙手合掌虔誠地說：「你的用心，我收下了。你完成了你的承諾，現在讓我來完成我的承諾。」

阿吉在工作室設立了祭壇，為刀疤鍾馗進行了開光儀式，意味著這尊擁有一道刀疤的鍾馗，將永遠成為阿吉的本命鍾馗。

從此，刀疤鍾馗就好像阿吉的代名詞一樣，流傳在北派人的口中。

只是在一開始的時候，讓人津津樂道的，是刀疤鍾馗的製造者以及它那特殊的刀疤造型。

而這尊刀疤鍾馗的出道之作，自然就是為高師父的女兒進行鎮煞驅邪的工作。

然而，比起這一次幫美嘉的鎮煞驅邪來說，那次的鎮煞還要更為驚險，畢竟在高師父找上阿吉之前，就已經請過三、四位鍾馗北派的道長，其中還不乏功力高強的師父，卻都沒有辦法鎮住。

為了保險起見，阿吉還特別商請了兩位法力高強的道長前來助陣。

畢竟那次的鎮煞驅邪工作，除了是刀疤鍾馗的處女秀之外，也是阿吉第一次主持這樣的鎮煞儀式。

那是一場壯烈又驚險的戰鬥，當然最後在阿吉與兩位道長的合力之下，順利完成了任務。

而在那之後，鍾馗派的道長之間便開始流傳著兩則都市傳說，一是刀疤鍾馗，另一則則是阿吉那出神入化的操偶技巧。

不管哪一則，都讓鍾馗派的道長們津津樂道。

然而，不管是誰都沒有辦法料到，這一切都只是一段新傳奇的序章而已。

後記

大家好，我是龍雲，非常高興又在這裡跟大家見面了。

這一系列中請到的畫家是我過去合作過，而且也是我非常喜歡的一位畫家 B.c.N.y. 老師。

能夠讓 B.c.N.y. 老師為我畫封面，實在是很榮幸，也是十分開心的一件事情。

我非常喜歡這一次的封面，也希望大家會喜歡。

上一集曾經提到過這部作品是我長久以來一直想要嘗試的題材，主要就是源自於那些港產的殭屍片。

除了港產的殭屍片之外，我也非常喜歡西方的恐怖片，西方也不乏有這種殭屍題材的電影，從最早開啟殭屍熱潮的《殭屍（Zombie）》或者是《活死人之夜（Night of the Living Dead）》等等，雖然跟我們僵硬跳來跳去的殭屍不同，不過別有一番風味，我也非常喜歡。

西方的殭屍雖然不是用跳的，但是行動速度也非常緩慢。不過隨著時代演進，電影裡面的殭屍也開始跑了起來，尤其到了《末日之戰（World War Z）》不只會狂奔，還會疊羅漢。不管是行動緩慢，還是幾近跑酷的殭屍，都一樣有他們自己的魅力，我都非常喜歡。

不過真正讓人可惜的是，港產的殭屍片似乎已經絕跡了，除了近期的《殭屍》之外，就沒有其他相關的電影了。尤其是過去片中那些主要深植人心的演員們，一個個去世之後，想要再看到跟當年一樣精采的殭屍片，似乎也越來越希望渺茫。

雖然說呂偉道長的形象，並不是參考當年最具代表的林正英道長的形象，不過不可否認的是，在寫這部作品的時候，我還是會常常想起那些殭屍片的劇情，甚至還常常在寫稿的時候，就在一旁的電視放起這些令人懷念的電影。因此也希望看這部小說的各位，如果有同樣是這些片子的影迷，也可以在這裡面找到類似的樂趣。

最後，還是不免俗地謝謝大家的支持，希望這次的小說大家會喜歡。

那麼我們下次再見囉。

龍雲

作者　龍雲
封面繪圖　B.c.N.y.
總編輯　莊宜勳
主編　鍾靈
責任編輯　黃郁潔
美術設計　三石設計

出版者　春天出版國際文化有限公司
地址　台北市信義區信義路四段458號3樓
電話　02-7718-0898
傳真　02-7718-2388
E-mail　story@bookspring.com.tw
網址　http://www.bookspring.com.tw
部落格　http://blog.pixnet.net/bookspring
郵政帳號　19705538
戶名　春天出版國際文化有限公司
法律顧問　蕭顯忠律師事務所
出版日期　二〇一五年三月初版
定價　160元

總經銷　楨德圖書事業有限公司
地址　新北市新店區寶興路45巷6弄6號5樓
電話　02-8919-3186
傳真　02-8914-5524

龍雲作品 02

驅魔教師 02：刀疤鍾馗

國家圖書館出版品預行編目資料

驅魔教師02：刀疤鍾馗 ／ 龍雲 著.
一 初版. 一 臺北市：春天出版國際，2015. 03
面；　公分. 一（龍雲作品；02）
ISBN 978-986-5706-52-4（平裝）
857.7　103016029

ISBN 978-986-5706-52-4
Printed in Taiwan

龍雲
作品

龍雲
作品